Maximilian Erlmeier, Miriam Schimka
BITCOIN MONEY METAVERSE

Für Elias und Lilith

MAXIMILIAN ERLMEIER
MIRIAM SCHIMKA

BITCOIN
MONEY
METAVERSE

Alles über Geld und
Technologien der Zukunft

Bibliografische Information der Deutschen Nationalbibliothek: Die Deutsche Nationalbibliothek verzeichnet diese Publikation in der Deutschen Nationalbibliografie; detaillierte bibliografische Daten sind im Internet über dnb.dnb.de abrufbar.

Herstellung und Verlag: BoD – Books on Demand, Norderstedt
Cover und Illustrationen: Katrin Acklin

ISBN 9783756226320

INHALT

MÜNZEN, MINING, METAVERSE

Am Abend des letzten Ferientages lehnte Oskar sein Fahrrad an die Mauer des Supermarkts. Kurz darauf hatte er drinnen gefunden was er suchte, legte eine Tüte Chips aufs Band und zückte an der Kasse sein Handy, auf dem eine Kreditkarte hinterlegt war. Es piepste, als er es an das Kartenlesegerät hielt. Auf dem Handy Display war ein großer grüner Haken zu sehen: Bezahlt.

Wenig später stand er mit dem Einkauf vor der Tür seines besten Freundes und klingelte. Mo machte nach einiger Zeit mit einem Schwung die Tür auf und grinste: „Was zu essen mitgebracht? Komm rein, die Playstation wartet schon auf uns." Oskar wedelte als Antwort nur mit der Chipstüte und folgte ihm ins Wohnzimmer.

Am nächsten Tag ging die Schule wieder los. Die Schülerinnen und Schüler der 10b kamen langsam ins Klassenzimmer geschlendert. Oskar war noch müde, sie hatten bis 2 Uhr morgens gespielt. Er setzte sich auf seinen Platz und nickte Mo zu, der auch noch nicht ganz frisch aussah. Herr Mener saß schon vorne am Pult und räusperte sich. „Ruhe bitte, die Stunde geht los." Endlich wurde es etwas stiller und der Lehrer begann zu sprechen. „Im ersten Halbjahr haben wir in unserem Wirtschaftskurs ja schon einiges an Theorie gelernt. Das wollen wir nun gemeinsam in die Praxis umsetzen. Ich habe euch einige sehr aktuelle Themen herausgesucht, die ihr in Gruppen bearbeiten sollt." Er klickte an seinem Laptop herum und folgende Punkte erschienen auf dem Whiteboard:

Entstehung von Geld
Geldumlauf und Inflation
Bitcoin
Blockchain
Finanzielle Inklusion
Smart Contracts
Non Fungible Token (NFT)
Metaverse

„Wie ihr seht", sagte Herr Mener, „wollen wir eine Reise durch die Geschichte des Geldes machen. Wir fangen beim Tauschhandel an und arbeiten uns dann zu neuen Erscheinungsformen wie Bitcoin und Smart Contracts vor, bis wir im Metaverse ankommen. Es klingt zwar abgedroschen, aber Geld regiert die Welt und es ist wichtig, dass ihr euch damit auskennt. Wo und wie es zum Einsatz kommt, hat sich außerdem in den letzten Jahren stark verändert."

Sofort schnellte ein Finger in die Höhe, es war der von Luca. „Wie sollen wir das umsetzen?" fragte er. Die Augen der Klasse waren auf den Lehrer gerichtet.

„In Form von Präsentationen. Ich gebe euch nur die Rahmenbedingungen vor. Es sollen mündliche Vorträge sein und ich werde euch in Dreier-Gruppen einteilen. Wie ihr die Vorträge gestaltet, bleibt euch überlassen. Aber ihr wisst ja: Ich finde es gut, wenn es nicht langweilig ist."

Louis verdrehte die Augen. Er war kein Fan von „kreativer" Gruppenarbeit. Zumindest nicht in der Schule. Trotzdem schaffte es der Lehrer, Louis mit seinem nächsten Satz für sein Projekt zu interessieren: „Vielleicht interessiert es euch zu hören, dass euer Projekt in die Endnote einfließt?"

Nicht nur Louis, sondern die ganze Klasse spitzte jetzt die Ohren, um die Details der Projektarbeit nicht zu verpassen.

„Ihr bekommt jeweils 30 Minuten Zeit für den Vortrag und danach diskutieren wir. Wie ihr an der Gliederung schon sehen könnt, sollten alle Themenbereiche einen wirtschaftlichen Bezug haben. Bitte denkt auch daran, dass ihr euch etwas einfallen lasst, um eure Vorträge anschaulicher zu machen. Zum Beispiel mit Grafiken, einem Poster, Videos, von mir aus auch mit einem Gast. Ich habe mir übrigens auch etwas überlegt, wenn ihr unter euren Stühlen schaut, findet ihr einen Zettel. Da ist eine Zahlenkombination drauf. Die müsst ihr entschlüsseln, dann findet ihr eure Partner und mehr will ich auch gar nicht verraten."

Hannah, die bisher nur mit halbem Ohr zugehört hatte, griff unter ihren Stuhl und fand ihren Zettel auf dem die Zahlen 5 – 14 – 20 standen.

Sie zog ihre rechte Augenbraue hoch. Erst addierte sie die Zahlen, dann multiplizierte sie, doch irgendwie kam nichts dabei raus, was ihr richtig einleuchtete. Dann hörte sie, wie Maja, die eine Reihe hinter ihr saß, sagte: „Also bei mir kommt S-T-E-H raus, wenn ich die Zahlen in Buchstaben übersetze. Was soll das bedeuten?"

Da fiel bei Hannah der Groschen. Sie drehte sich lächelnd zu Maja um: „Ich glaube, wir haben gemeinsam das erste Thema, ich habe E-N-T. Fehlt nur noch U-N-G. Hat das jemand?"

„Ja ich!", antwortete jemand aus der letzten Reihe. Es war Paul. Die Gruppe war komplett.

Das Rätsel, das sich Herr Mener ausgedacht hatte, war die einzelnen Buchstaben durch Zahlen zu verschlüsseln, also eine einfache Form von Kryptographie. Die Schülerinnen und Schüler mussten einfach die Zahlen in Buchstaben umwandeln, um ihre Gruppe zu finden.

GELD IST VERTRAUENSSACHE

Am nächsten Freitag war es dann so weit: Showtime! Hannah, Maja und Paul hatten sich gut vorbereitet und mit Herrn Mener abgesprochen. Sie hatten sich die Arbeit aufgeteilt.

Hannah und Paul würden sprechen, während Maja das Ganze grafisch an der Tafel begleitete.

Hannah begann zu sprechen.

„Geld gibt es schon sehr lange. Die ersten Münzen hat der lydische König Krösus vor gut 2650 Jahren in Umlauf gebracht. Vorher haben die Menschen anderes Geld benutzt, zum Beispiel Muscheln oder Schmuck."

Maja zeichnete schnell ein paar Muscheln, während Hannah durch die Geschichte des Geldes führte.

„Da Krösus so viel Geld angehäuft hatte, gibt es auch heute noch das Sprichwort „Reich wie Krösus sein." Doch bevor die Menschen begonnen haben Muschelgeld zu benutzen, haben sie einfach Waren gegeneinander getauscht. Wenn zum Beispiel ein Bauer besonders viel Getreide hatte, konnte er das was er selbst nicht benötigte, gegen etwas anderes tauschen, vielleicht gegen Milch von seinem Nachbarn. Allerdings hat das mit der Tauschwirtschaft irgendwann nicht mehr so gut funktioniert."

„Das liegt am Prinzip von **Angebot und Nachfrage**. Denn wenn unser Getreidebauer zu viel hat, sein Nachbar aber nicht gerade Tonnen von Brot backen will, steht er erstmal doof da. Da wird dann Geld nützlich. Denn so kann er das Getreide, das er nicht mehr braucht, gegen Geld wechseln und sich damit kaufen, was immer er gerade benötigt. Irgendwann haben die Menschen angefangen, sich zum Handeln zu treffen, etwa auf Märkten oder Börsen. Das war die Weiterentwicklung des Tauschhandels."

„Geld ist also vor allem deswegen so praktisch, weil Nachfrage und Angebot nicht immer zusammenpassen. Deshalb war es bei den frühen Formen von Geld besonders wichtig, dass man es gut tauschen kann. Jede Muschel oder Münze sollte also gleich viel wert sein. Dass jede Einheit untereinander austauschbar ist, ist heute noch eine wichtige Eigenschaft von Geld. Man sagt auch, dass es fungibel ist."

Hannah ordnete kurz ihre Notizen, betrachtete die Münzen, die Maja gemalt hatte und holte tief Luft. Dann sprach sie weiter.

„Das erste Papiergeld gab es im Jahr 993 in China. Rebellen belagerten damals die Stadt Chengdu und die Menschen dort hatten bald zu wenig Münzen, um sich gegenseitig weiterhin zu bezahlen. Irgendjemand kam dann auf die Idee, einfach Zahlen auf Papier zu schreiben. Das war eine Ergänzung zu den Münzen aus Metall, die schon im Umlauf waren."

„Hat das funktioniert?", unterbrach Finn den Vortrag.

„Ja, das hat es!", bestätigte Hannah, die kurz aus dem Konzept gebracht worden war.

„Heute spricht man hier von **Fiatgeld**", fuhr sie fort, „Fiat kommt aus dem Lateinischen und bedeutet so viel wie *Es werde* oder auch *Es geschehe*. Denn Papiergeld ist eigentlich nur ein Tauschmittel. Im Gegensatz zu den alten Münzen, die aus Eisen oder auch aus Gold bestanden, ist Papier eigentlich nichts wert. Nur eben das Versprechen, dass wir nachher etwas für das Papier bekommen."

Hannah sah, dass einige aus der Klasse die Stirn runzelten.

„Also nochmal", versuchte sie es weiter, „zuerst gab es Münzen aus Gold oder Eisen. Die haben beide an sich schon einen eigenen Wert. Denn aus Eisen kann man etwas schmieden, aus Gold kann man zum Beispiel Schmuck machen. Die alten Münzen hatten einen eigenen Wert, man spricht hier auch von **intrinsischem Wert**. Aus Papier kann man höchstens Hütchen oder Papierflieger basteln. Maja ergänzte „oder es als Klopapier benutzen." Die Klasse lachte. Hannah wartete kurz, fuhr dann aber fort „daher muss man darauf vertrauen, dass man nachher etwas für sein Papier bekommt. Deswegen nennen wir es Fiatgeld. Das hat auch damit zu tun, dass

Herrscher und Staaten das Geld wie aus dem Nichts erschaffen. Den Menschen bleibt nichts anderes übrig, als darauf zu vertrauen, dass es etwas wert ist."

Zögerliches Nicken in der Klasse. Jetzt übernahm Paul den Vortrag.

„Das war allerdings nicht immer so. Früher gab es mal den so genannten **Goldstandard**, den die Menschen 1871 eingeführt haben. Das bedeutete, dass alle Länder, die dabei mitmachten, sich dazu verpflichteten, dass es stabile Wechselkurse gibt. Alle Währungen waren an Gold gebunden. So konnte man sich immer darauf verlassen, dass man für eine bestimmte Menge Geld eine bestimmte Menge Gold bekam. Als der erste Weltkrieg begonnen hatte, hat man den Goldstandard vorerst aufgelöst. Im Jahr 1944 führten verschiedene Länder dann das **Bretton-Woods-System** ein. Das funktionierte nach einem ähnlichen Prinzip. Alle Länder, die daran teilnahmen, einigten sich darauf, den US-Dollar als gemeinsame Leitwährung zu nutzen."

Paul fuhr er fort.

„Die USA verpflichteten sich im Gegenzug dazu, dass man bei der US-Notenbank zu jeder Zeit 35 US-Dollar gegen eine Feinunze Gold tauschen könnte. Das Versprechen konnten sie aber nicht lange halten und den Forderungen irgendwann nicht mehr nachkommen. Das führte dazu, dass das Bretton-Woods-System im Jahr 1973 aufgelöst worden ist. Im Nachhinein haben die ehemaligen Mitgliedsländer auch ihre Bindung an den US-Dollar gelöst. Eine Garantie, für einen bestimmten Preis eine bestimmte Menge Gold zu bekommen, gab es somit nicht mehr. Umso mehr waren die Menschen dann darauf angewiesen, ihren Regierungen und Banken zu vertrauen, dass sie für ihr Geld etwas bekommen würden und dass diese keinen Unfug mit ihrem Geld treiben."

Maja hatte inzwischen einige Goldbarren gezeichnet. Als Paul vom Ende des Goldstandards erzählt hatte, hatte sie beides mit einem fetten Kreuz durchgestrichen und einen traurigen Smiley daneben gemalt.

„Den Menschen blieb also nicht viel anderes übrig, als ihren Staaten und Banken Vertrauen zu schenken. Zu diesem Vertrauen gehört es auch, dass die Zentralbanken dafür sorgen, dass man das Geld nicht fälschen kann. Sonst könnte jeder kommen und sagen, dass sein Papier etwas wert ist. Wenn ihr heute auf die Euroscheine schaut, findet ihr auch immer Wasserzeichen und noch ein paar weitere versteckte Sicherheitszeichen. Ich zeig es euch."

Paul holte einen Fünfzig-Euro-Schein aus der Tasche und hielt ihn gegen das Licht. Als er ihn bewegte, konnte die Klasse die Wasserzeichen erkennen. Er gab ihn Finn in die Hand, der am Tisch ganz vorne saß: „Probiere es gerne mal aus und gib ihn dann bitte weiter."

Er ging zurück nach vorne, während der Geldschein durch die Klasse gereicht wurde und hielt einen Schein in die Höhe.

„Sehen, Fühlen, Kippen heißt die Methode, um die Echtheit von Geld zu checken. Ihr könnt bestimmte Stellen mit den Fingern ertasten, die sich von den anderen abheben. Ihr könnt auch ein Hologramm des Bildes auf den Scheinen sehen, wenn man sie in einem bestimmten Winkel betrachtet. Außerdem gibt es noch einen Sicherheitsstreifen, ein Wasserzeichen und einiges mehr. Dann gibt es eine Reihe weiterer Sicherheitsmerkmale, die man nur mit UV-Licht, Lupe oder Infrarotlicht erkennen kann."

„Anfang 2022 waren europaweit etwa 13,6 Milliarden 50 Euro Scheine und insgesamt fast 28 Milliarden Euro-Banknoten im Umlauf. Am häufigsten werden 20- und 50-Euro Scheine gefälscht. Trotzdem ist der Euro im Vergleich zu anderen Währungen sehr sicher."

Paul sprach weiter.

„Man kann übrigens beobachten, dass die Bargeldmenge in den letzten Jahren immer weiter sinkt - könnt ihr euch auch denken, warum das so ist?"

Oskar meldete sich. „Weil immer mehr Leute bargeldlos zahlen?"

„Unter anderem", bestätigte Paul Oskars Vermutung. „Diese Entwicklung hat schon vor über 70 Jahren begonnen. Denn im Jahr 1950 entwickelte man in den Vereinigten Staaten die ersten **Kreditkarten**. Wer Mitglied im so genannten Diners Club war und so eine Karte hatte, konnte damit sein Abendessen bezahlen, auch wenn man gerade gar kein Geld mit dabeihatte. Die Abrechnung kam dann erst später, bis dahin zahlte eigentlich der Diners Club. Wer mit Kreditkarte zahlte, nahm praktisch beim Diners Club einen **Kredit** auf. Abgerechnet und der Kredit zurückgezahlt wurde später. Inzwischen gibt es sehr viele verschiedene Kreditkartenunternehmen, vor allem in den USA. Hier unterscheidet man zwischen **Debitkarten**, bei denen das Geld direkt vom Konto abgebucht wird und den „echten" Kreditkarten, bei denen die Rechnung erst am Ende des Monats kommt. Gerade bei den echten passiert es immer wieder, dass Menschen damit Dinge kaufen, die sie sich eigentlich nicht leisten können und sich damit bei den Kreditkartenunternehmen zu hoch verschulden. In Europa ist das allerdings nicht ganz so weit verbreitet wie beispielsweise in den Vereinigten Staaten von Amerika."

Paul warf einen Blick in die Klasse und versuchte kurz einzuschätzen, ob sie die Aufmerksamkeit ihrer Mitschüler und Mitschülerinnen noch hatten. Es sah gut aus.

„Damit ist der Großteil des Geldes unsichtbar geworden. Denn viele Menschen bezahlen nun einfach mit Karten oder ihrem Smartphone. Zum Beispiel mit PayPal, Apple Pay, Google Pay und so weiter. Das Prinzip ist dasselbe, denn das Handy funktioniert so ähnlich wie eine Kreditkarte. Die Verrechnung findet im Hintergrund statt und die Banken schieben das Geld hin und her, während wir einfach ein paar Mal auf unsere Handys tippen", erklärte Paul.

„Eine ganz neue Art von Geld sind schließlich Kryptowährungen wie Bitcoin. Aber das müssen wir zum Glück nicht mehr erklären. Das erfahrt ihr dann in ein paar Wochen."

Maja schrieb groß das Wort „Ende" auf die Tafel und die drei lächelten in die Klasse. Die dankte es ihnen mit Applaus.

„Gibt es noch Fragen?", wandte sich Hannah an die Klasse. Ihr Blick blieb an Lucas Finger kleben, der als einziger in die Luft ragte. Hannah nickte ihm zu.

„Wisst ihr, was im Hintergrund passiert, wenn man mit der Karte im Laden oder Online bezahlt? Woher wissen denn die Händler, ob die Karte auch funktioniert?"

Hannah kniff kurz die Augen zusammen und kramte etwas in ihrem Gedächtnis, bis ihr die Antwort einfiel. „Ach ja", sagte sie erleichtert, „klar, kann ich dir sagen. Im Hintergrund findet immer eine Abfrage bei der Bank statt, ob genug Geld da ist. Man spricht auch von **Kreditwürdigkeit**. Wenn die Bank bestätigt, dass alles okay ist, fließt das Geld."

„Sehr gut!", bestätigte Herr Mener. „Und weißt du auch, wie der Fachausdruck für das Geschäft oder auch den Online-Shop ist, bei dem man bezahlt?"

Hannah und Paul wollte es nicht einfallen.

„Das ist der **Point of Sale**", kam es in diesem Moment aus Majas Mund.

„Genau!" Der Lehrer nickte. Da ertönte auch schon der Pausengong.

NOCHMALS AUF EINEN BLICK

Angebot und Nachfrage Das Angebot ist die Menge an Gütern, Waren und Dienstleistungen auf einem Markt, die man kaufen oder tauschen kann. Die Nachfrage ist die Absicht von Menschen und Unternehmen, diese Waren zu kaufen.

Fiat(geld) Von lat: fiat = „es werde". Bezeichnung für traditionelle Währungen wie US-Dollar, Euro oder Chinesischer Yuan.

Intrinsischer Wert ist der innere Wert eines Gutes. Weder Bitcoin noch Geldscheine haben einen intrinsischen Wert, Goldmünzen dagegen schon.

Goldstandard beschreibt ein Währungssystem, bei dem sichergestellt wird, dass man für eine bestimmte Menge Geld eine bestimmte Menge Gold bekommt. (Siehe auch „Bretton Woods").

Bretton Woods Das Bretton-Woods-System ist eine internationale Währungsordnung, die von 1944 bis 1973 bestand. Dabei haben sich 44 Länder darauf geeinigt, den US-Dollar als internationale Leitwährung einzusetzen. Alle Teilnehmerländer hatten feste Wechselkurse zum US-Dollar, um Stabilität sicherzustellen. Die USA hatte versprochen, dass man zu jeder Zeit 35 US-Dollar gegen eine Feinunze Gold tauschen konnte. So wurde Gold als Geldanker festgelegt und ein einheitlicher „Goldstandard" geschaffen.

Kreditkarten geben Menschen die Möglichkeit, Dinge auf Kredit zu zahlen. Die jeweiligen Kreditkartenunternehmen (MasterCard, Visa, American Express) übernehmen vorerst die Bezahlung und schicken dann später die Rechnung.

Kredit kommt vom lat. Wort „credere" (glauben). Dabei handelt es sich um Geld, das vom Kreditgeber (zum Beispiel einer Bank) an einen Kreditnehmer (zum Beispiel eine Privatperson) ausgeliehen wird. Dabei wird ein Zeitpunkt festgelegt, bis zu dem es zurückgezahlt werden muss.

Debitkarte Eine Debitkarte kann man wie eine Kreditkarte verwenden. Bei dieser Art von Karten wird das Konto der Kunden allerdings gleich belastet, also der Betrag vom Konto abgezogen. Dies kann nur geschehen, wenn genügend Geld auf dem Konto ist (man spricht hier von ausreichender Kontodeckung).

Kreditwürdigkeit auch Bonität genannt. In Deutschland gibt es die Schufa, die einen Wert errechnet, der deine Kreditwürdigkeit beschreibt. Je höher der so genannte Schufa-Score ist, desto höher schätzen zum Beispiel Banken die Möglichkeit ein, dass man einen gewährten Kredit zurückzahlt.

Point of Sale (POS) Auf Deutsch der „Verkaufsort". Am Point of Sale treffen Käufer und Verkäufer aufeinander. Das kann ein klassischer Verkaufsladen sein (zum Beispiel ein Supermarkt), aber auch ein Onlineshop. Werbung ist darauf ausgerichtet, Konsumenten zu diesem (realen oder virtuellen) Ort zu bringen, da hier das Geschäft abgeschlossen wird und der Konsument das Produkt erwirbt.

GELDUMLAUF, INFLATION UND BAKLAVA

Eine Woche später waren Mohammed, Oskar und Finn mit ihrem Vortrag an der Reihe. Die drei hatten lange überlegt, wie sie ihr Thema präsentieren sollten. Sie fanden den Vortrag in der Vorwoche gut, wollten aber nicht das Konzept kopieren. Außerdem konnten keiner von ihnen sonderlich gut zeichnen. Die zündende Idee kam erst am Vorabend, als sie in die Wohnung von Mo kamen, um noch etwas an der Präsentation zu feilen. Es duftete nach frisch gebackener Baklava aus der Küche.

„Unser Thema heute ist **Inflation** und **Geldumlauf**", verkündete Oskar der Klasse am nächsten Tag. Wir haben uns dafür ein Rollenspiel ausgedacht. Dafür brauchen wir drei Freiwillige."

Er schaute in die Klasse. Doch erstmal regte sich nichts.

Da begann Mohammed, seinen Rucksack auszupacken. Er holte einige Plastikschüsseln heraus, öffnete sie und stellte sie auf das Pult. Sofort zog ein leckerer Duft durch den Klassenraum. Das Gebäck von seiner Mutter war sehr beliebt, er hatte es schon öfter bei seinen Geburtstagen mitgebracht. Auf einmal schossen einige Hände in die Höhe. Oskar grinste.

„War ja klar. Mia, Louis und... Ella".

Als Oskar Ella aufrief, fing er an zu stottern „Äh... okay, also...", Mohammed rettete ihn sofort: „Wir werfen jetzt eine Münze: Louis, Kopf oder Zahl?".

„Zahl."

Mohammed warf die Münze. Sie fiel auf den Boden. Dabei hatte er so oft geübt, sie zu fangen. Pech. Er schaute auf den Boden, die Euro Münze zeigte eine Eins.

„Okay, du bist die **EZB**."

„Was bin ich?", fragte Louis verwirrt.

„Die europäische Zentralbank. Ich erklär es gleich", sagte Mohammed, „du kannst dir schon mal unsere Oskamed-Dollars aus der Tasche nehmen." Er drückte ihm eine Tasche voller Papierscheine in die Hand, auf denen sie Zahlen und Oskars Gesicht ausgedruckt hatten. Louis musste laut lachen, als er die Oskamed Dollars sah: „Die Idee ist echt lustig!"

„Okay, perfekt", sagte Oskar, der sich wieder gesammelt hatte. „Ella, du bist die Wirtschaft. Du darfst diese Mütze aufsetzen."

Er überreichte ihr ein Baseballcap, auf dem das Euro Symbol abgebildet war. Ihre Finger berührten sich für einen kurzen Moment. Schnell zog er die Hand zurück und machte mit seinem Vortrag weiter.

„Mia ist die Bundesbank", sagte er, „dann haben wir alle zusammen. Der Rest der Klasse ist das Volk."

„Dann legen wir mal los", sagte Finn. Er zeigte auf Louis: „Die Europäische Zentralbank bestimmt den **Leitzins** und hat theoretisch die Erlaubnis, Geld herauszugeben. In Wirklichkeit ist es aber so, dass das Geld von den nationalen Zentralbanken, zum Beispiel der deutschen Bundesbank mit Hilfe der Banken der Europäischen Union hergestellt wird. Louis, kannst du deinen Geldsack bitte mal Mia geben?"

Louis ging zu Mia und gab ihr die Tasche mit den Oskamed-Dollars. „Super. Die Zentralbank, auch Nationalbank genannt, ist nun dafür zuständig, dass das Geld in den Umlauf kommt. Also gibt sie es über das Bankensystem, sprich die einzelnen Privatbanken und zum Teil auch über den Handel, heraus. Louis, kannst du bitte Ella 20 Oskamed Dollar-Scheine geben? Ella darf dann jedem aus der Klasse einen Schein geben" fuhr Finn fort.

„Moment mal", unterbrach Emma den Vortrag. „Ich check es nicht so ganz. Was ist der Unterschied zwischen den Privatbanken, den Nationalbanken und der Europäischen Zentralbank?"

Finn zögerte und versuchte, seine Gedanken zu ordnen. Die Frage hatte ihn etwas aus dem Konzept gebracht.

„Warte, ich erklär es dir" sprang Oskar ein.

„Ist eigentlich ganz einfach. Die EZB bestimmt, wie viel Geld - in dem Fall Euro - in der Europäischen Union in den Umlauf kommt. Die Zentralbanken verteilen es und die Privatbanken geben es an die Bevölkerung raus. Privatbanken sind Sparkasse, Volksbank, Deutsche Bank und so weiter. Alles klar?"

Emma nickte. Ella kam nun zurück nach vorne, sie hatte in der Zwischenzeit das ganze Geld verteilt.

„Danke, Ella", sagte Oskar, der inzwischen voll in seinem Element war, „Und jetzt darf die erste Reihe nach vorne kommen und sich Baklava kaufen. Das kostet einen Oskamed-Dollar. Gebt den bitte wieder bei Ella ab."

Nun kam Bewegung in die Klasse. Die erste Reihe stellte sich vorne an, jeder bekam ein Stückchen. Als sie wieder kauend auf ihrem Platz saßen, machte Mohammed weiter mit dem Vortrag.

„Jetzt haben alle zum selben Preis etwas Baklava bekommen. Der Rest hat sein Geld noch. So weit, so gut. Jetzt hat aber die Bundesbank beschlossen, dass wir insgesamt mehr Geld brauchen. Das hat sie der EZB gesagt und die hat dann neue Scheine gedruckt. Louis, gib doch Mia nochmal 20 Scheine. Mia, du gibst sie dann weiter an Ella. Einen Teil davon darfst du aber auch behalten."

Louis gab in seiner Rolle als EZB das Geld an Mia raus. Mia, die sich schon wie eine Zentralbank fühlte, gab einen Teil des Geldes an Ella weiter.

„Jetzt haben wir insgesamt mehr Geld im Umlauf. Normalerweise folgt daraus, dass man die Preise erhöht. Irgendwo muss das Geld hin. Jetzt kostet ein Stück Baklava zwei Oskamed-Dollars. Nun könnt ihr nach vorne kommen und versuchen, euch nochmal etwas zu kaufen."

Raunen in der Klasse. „Das ist doch nicht fair!", rief Lina. „Wenn die EZB mehr Geld druckt und das an die Banken verteilt, bekommen wir dann nichts davon?"

„Nicht wirklich", antwortete Mohammed, „denn so funktioniert Inflation: Die Preise steigen, es ist mehr Geld im Umlauf, aber das Angebot bleibt gleich oder steigt weniger stark. Auch die Löhne steigen meistens nicht so stark oder gar nicht an. Deswegen sind die Bürgerinnen und Bürger meistens diejenigen, die unter starker Inflation leiden. Das Geld ist dann einfach weniger wert."

Er ließ seine Worte kurz sacken und schaute in betretene Gesichter. Mit einem Lächeln fuhr er fort: „Aber wir wollen ja nicht so sein. Weil ihr es seid, machen wir einen Sommerschlussverkauf und bieten die Baklava zum halben Preis an. Danke für eure Aufmerksamkeit!"

Das ließ sich der Rest der Klasse nicht zweimal sagen. Alle standen auf, auch Herr Mener erhob sich nun aus seiner Beobachterposition und holte sich ein Stückchen Baklava ab.

„Das habt ihr gut gemacht. Ihr könnt euch wieder setzen", sagte Herr Mener kauend. Die drei Vortragenden machten sich auf den Weg zu ihren Plätzen, während Oskar zu Ella rüber schielte, die auch auf dem Weg zu ihrem Platz war. Sie lächelte ihn an! Oskar hörte fast gar nicht, wie der Lehrer fortfuhr:

„Allerdings möchte ich gerne noch etwas ergänzen. Ich finde auch, dass eine zu hohe Inflation unfair ist. Es gibt aber viele Menschen, die sagen, dass Inflation, zumindest in kleinen Mengen, gut für die Wirtschaft ist. Denn wenn die Preise nur leicht teurer werden, motiviert das die Menschen, ihr Geld zu investieren, also auszugeben oder auch Aktien, Rohstoffe oder andere Güter zu kaufen. Wenn Menschen ihr Geld ausgeben, statt zu sparen, verdienen die Geschäfte mehr Geld und können auch ihren Angestellten mehr bezahlen. So profitieren alle."

Nun schaltete sich Emma wieder ein, die aufmerksam bei der Sache war:

„Aber sollte dann nicht irgendwo festgelegt sein, wie viel neues Geld es gibt? Sonst ist das doch total...", Emma rang nach Worten. „Willkürlich?", half ihr Herr Mener. „Ja genau", bestätigte Emma.

„Darüber sind sich die Menschen uneinig", sagte Herr Mener nachdenklich, „aber grundsätzlich bin ich auch nicht der größte Fan von Inflation, besonders eine hohe Inflation ist für Wirtschaft und Menschen schädlich. Aber das Thema greifen wir sicher nochmal auf. Für heute sind wir durch mit der Zeit. Danke nochmal an Mo, Oskar und Finn - das war ein sehr guter Vortrag!"

WIE WAR DAS NOCHMALS?

Inflation kommt vom lateinischen Wort „inflatio" (aufblasen). Man spricht von Inflation, wenn die Preise stark steigen. Das kann unter anderem daherkommen, dass die Geldmenge, die im Umlauf ist, zu stark erhöht wird.

Geldumlauf oder auch Geldmenge beschreibt die Menge an Geld, die in einer Volkswirtschaft insgesamt vorhanden ist.

Europäische Zentralbank (EZB) bestimmt, wie viel Geld in der europäischen Union (EU) in Umlauf kommt. Die Zentralbanken (in Deutschland ist das die Deutsche Bundesbank) haben die Aufgabe, es in den jeweiligen Ländern zu verteilen. Privat- und Geschäftsbanken sorgen dafür, dass das Geld über Vergabe von Krediten zu den Menschen kommt.

Leitzins Mit dem Leitzins steuert die EZB die Geldmenge. Es ist der Zinssatz, zu dem eine Notenbank Geld an die (Geschäfts-)Banken leiht. Bei einem niedrigeren Zinssatz gibt die EZB mehr Geld an die Geschäftsbanken aus und die Geldmenge erhöht sich. Leitzinsen beeinflussen so indirekt das tägliche Leben, da sie sich auf Kosten für Kredite oder auch auf die Zinsen auswirken, die man für Spareinlagen bekommt.

EIN INTERVIEW MIT SATOMI NAKAMOTO

Heute haben wir etwas ganz besonderes für euch", drang Zlatans Stimme am nächsten Freitag durch die Klasse. Er stand neben Marie, die den Vortrag wie folgt ankündigte: „Wir haben ein exklusives Interview für euch vorbereitet: Zu Gast haben wir heute **Satomi Nakamoto** – die Tochter des Erfinders von Bitcoin, Satoshi Nakamoto. Herzlich willkommen!"

Beide schauten erwartungsvoll zur Tür, doch nichts passierte. Eigentlich sollte sich die Tür bei Maries letzten Worten öffnen. Sie räusperte sich. Danach, nochmals etwas lauter: „HERZLICH WILLKOMMEN!". Endlich, die Tür ging auf.

Herein kam Lina. Sie trug eine schwarze Sonnenbrille und einen schwarzen Pullover, dessen Kapuze sie tief ins Gesicht gezogen hatte. „Danke, danke", sagte sie, „eigentlich gebe ich keine Interviews. Aber für euch mach ich eine Ausnahme."

„Vielen Dank", sagte Zlatan, „dann wollen wir mal beginnen. Frau Nakamoto, vielen Dank, dass Sie sich heute die Zeit genommen haben. Könnten Sie uns sagen, was es nun eigentlich mit diesem Bitcoin auf sich hat?"

„Gerne," begann Lina zu sprechen. „**Bitcoin** ist digitales Geld. Der Name setzt sich aus den englischen Worten „Bit", eine Maßeinheit in der Informationstechnik, und dem Wort „Coin" für Münze zusammen.

„Digitales Geld also", wiederholte Zlatan, „was ist daran so besonders?"

„Das Besondere an Bitcoin ist, dass es ein dezentrales System ist. Das bedeutet, dass keine Banken oder Staaten dahinterstehen."

„Und wer bestimmt dann, wie viel Geld es gibt?", fragte Marie.

„Das ist alles im Computer Code festgelegt. Die Technologie, auf der Bitcoin basiert, heißt Blockchain. Die sorgt dafür, dass man dem ganzen Geldsystem vertrauen kann, ohne dafür Banken zu brauchen. Mein Vater, Satoshi Nakamoto, hat sich das Bitcoin-System ausgedacht, aufgeschrieben und es 2008 an einige Leute in

Form eines White Papers per E-Mail geschickt. Dann hat es nicht mehr lang gedauert, bis es die ersten Bitcoins gab. Das war im Januar 2009."

Zlatan war voll in seiner Rolle als Interviewer angekommen und hakte nach: „Wie sieht es mit der Inflation aus? Letzte Woche haben wir gelernt, dass die EZB oft einfach neues Geld druckt und wir das gar nicht so richtig mitbekommen."

„Das gibt es bei Bitcoin so nicht", erklärte Lina.

Sie hielt kurz inne und ging im Kopf nochmal alles durch, bevor sie weitersprach:

„Bei Bitcoin ist nämlich schon vornherein im Code festgelegt, dass es maximal 21 Millionen digitale Münzen gibt, danach gibt es keine neuen mehr. Und die Bitcoins werden nach und nach ausgeschüttet. Es gibt also schon etwas, wie eine kleine Inflation, weil immer neue Bitcoins dazu kommen. Zumindest noch ungefähr bis zum Jahr 2140. Aber das ist alles im Computer Code festgelegt und keiner kann einfach neue Bitcoins aus dem Nichts erschaffen. Insgesamt gibt es immer weniger Nachschub an neuen Bitcoins. Bitcoin ist ein Gegenentwurf zu Fiatgeld wie Euro und US-Dollar. Denn da werden, wie wir bereits in den anderen Vorträgen gelernt haben, teils willkürlich neue Banknoten gedruckt. Dadurch, dass immer weniger neue Bitcoins ausgeschüttet werden, werden die digitalen **Coins** bei wachsendem Angebot immer wertvoller."

„Woher kommen denn die Bitcoins?", übernahm nun Marie die Rolle der Interviewerin.

„Von den **Minern**. Wir können sie uns so ähnlich wie Goldschürfer vorstellen, nur als Computer. Sie müssen sehr komplizierte Rechenaufgaben lösen, um sicherzustellen, dass in der Blockchain alles mit rechten Dingen vor sich geht. Wenn sie dann die richtige Lösung haben, bestätigen sie damit die **Transaktionen** der Menschen, die Bitcoin nutzen. Zur Belohnung bekommen sie Bitcoins, die sie wiederum verkaufen können. Deswegen bezeichnen Bitcoin viele auch als das „digitale Gold"."

Lina holte nochmal Luft, das wichtigste und komplizierteste war geschafft. Der Rest sollte ein Kinderspiel werden.

„Und was ist jetzt eine Transaktion, also bei Bitcoin speziell?", bohrte Marie weiter.

„Eine Transaktion ist eigentlich eine Überweisung, wenn man sich gegenseitig Geld schickt. Bei Bitcoin werden alle Transaktionen gesammelt, in einzelne Blöcke gepackt und in einer verteilten Datenbank gespeichert, die man auf Englisch auch **Distributed Ledger** nennt. Diese Blöcke werden aneinandergehängt. Deswegen heißt die Technologie auch „Blockchain" – Eine Kette aus Blöcken. Dadurch, dass die Miner immer komplizierte Rechenaufgaben lösen müssen, stellen sie sicher, dass es immer nur eine gültige Version der Blockchain gibt.

Das Revolutionäre daran ist auch, dass damit das so genannte **Double-Spending-Problem** gelöst wird. Das bedeutet, dass niemand sein Geld doppelt ausgeben kann. Dadurch ist die Blockchain fälschungssicher."

„Aber warum sollten wir Bitcoin benutzen und nicht einfach normales Geld?", entgegnete Marie.

„Dafür gibt es viele Gründe", antwortete Lina, voll in ihrer Rolle als Tochter des Bitcoin-Erfinders. Sie fuhr fort, die Vorteile des Bitcoin-Systems aufzuzählen: „Viele Bitcoin-Fans sagen, dass sie dem herkömmlichen Geldsystem nicht mehr vertrauen. Wie wir letzte Woche gelernt haben, haben die einzelnen Menschen kaum Einfluss darauf, wie das Geld ausgeschüttet wird. Da muss man einfach den Zentralbanken und Staaten vertrauen und dieses Vertrauen ist leider schon oft missbraucht worden. Bitcoin ist unabhängig von solchen Institutionen. Leute, die Bitcoin gut finden, vertrauen eher auf die Technologie. Damit zeigen sie, dass sie mit dem vorherrschenden Geldsystem unzufrieden sind. Es gibt aber auch Menschen, die Bitcoin kaufen, weil sie denken, dass sie damit reich werden können. Denn Bitcoin ist in den letzten Jahren immer wertvoller geworden. Am Anfang, also vor etwas mehr als zehn Jahren, hat ein Bitcoin noch ein paar Cent gekostet, wenn überhaupt. Ein paar Jahre später war ein Bitcoin über 60.000 US-Dollar wert. Wer also rechtzeitig Bitcoin gekauft hat, konnte damit ganz schön reich werden, zumindest wenn man rechtzeitig wieder verkauft hat, denn er kann auch schnell wieder fallen."

„Und warum denken viele Leute, dass Bitcoin so wertvoll ist? Wer bestimmt, wieviel ein Bitcoin kostet?", fragte Marie.

„Gut, dass du fragst", sagte Lina und konnte sich dabei ein Schmunzeln nicht verkneifen, „der Preis eines Bitcoins ist immer so hoch, wie viel die Menschen dafür bereit sind, zu zahlen. Ganz einfach gesagt: Wenn du sagst, dass du für 0,001 BTC 40 Euro willst und ich sage, dass ich das einen fairen Preis finde und ihn zahle, dann ist das der aktuelle Wert von Bitcoin. Das nennt man dann auch den aktuellen Bitcoin-Kurs. Bitcoin ist bekannt dafür, dass der Gegenwert, umgerechnet in Euro oder US-Dollar sehr stark schwankt. Man spricht hier auch von **Volatilität**. Das bedeutet, dass der Bitcoin-Kurs innerhalb von kurzer Zeit extrem steigen, ebenso aber auch sehr stark fallen kann.

Ganz am Anfang, als nur ein paar Nerds von Bitcoin wussten, gab es zum Beispiel noch gar keinen Gegenwert in Euro oder anderen Währungen. Der erste, der einen Gegenwert für Bitcoin geschaffen hat, war ein gewisser Laszlo Hanyecz. Das war im Jahr 2010, da hat er im Bitcoin-Talk-Forum danach gefragt, ob ihm jemand zwei große Pizzen organisieren würde. Dafür hat er 10.000 Bitcoins geboten. Es hat ein paar Tage gedauert, aber dann hat sich jemand gemeldet. Und der Deal kam tatsächlich zustande. 10.000 Bitcoin für zwei Pizzen! Zwölf Jahre später wären das 600 Millionen Euro gewesen."

„Unfassbar" sagte Marie darauf. „Das kann man sich ja gar nicht vorstellen. Aber warum wurde denn der Bitcoin so wertvoll?"

„Wie gesagt, der Bitcoin hat so viel Wert, wie ihm die Menschen beimessen. Das ist bei Geld eigentlich immer so. Es ist nur etwas wert, weil wir daran glauben, dass wir etwas dafür bekommen: Kleidung, Nahrung, Schmuck, neue Videospiele und so weiter. Weil viele Leute dem normalen Geldsystem nicht so ganz trauen, kaufen sie sich zusätzlich Bitcoin. Doch davon gibt es eben nur eine bestimmte Anzahl, das Angebot ist also begrenzt. Die Nachfrage wird aber auf der anderen Seite immer höher, weil immer mehr Menschen Bitcoin besitzen wollen. Wenn die Nachfrage das Angebot übersteigt, steigt auch der Kurs. Diese Entwicklung sehen dann andere Leute und wollen mitmachen. Viele hoffen natürlich auch einfach, dass sie sich Bitcoin kaufen und ihn später teurer verkaufen können. Das nennt sich dann Spekulation."

Marie wollte es nun genau wissen: „Verrückt, irgendwie. Geld, das immer wertvoller wird. Gibt es denn noch andere Dinge, die Bitcoin wertvoll macht?"

„Ja klar. Vor allem die Möglichkeit der finanziellen Inklusion. Das bedeutet, dass bei Bitcoin jeder Mensch auf der Welt Zugang dazu hat. Man kann die Coins um die ganze Welt schicken und sie verwenden und muss dafür nicht in andere Währungen wechseln. Da brauchst du kein Bankkonto und keine Schufa, nix in der Richtung. Deswegen ist Bitcoin und auch andere Kryptowährungen, die auf **Dezentralisierung** setzen, auch eine sehr faire Sache. Es ist ein Geldsystem, das für alle offen ist. Der Wert von Bitcoin liegt auch darin, dass sie allen Menschen dient. Er garantiert wichtige Werte wie zum Beispiel finanzielle Freiheit und Unabhängigkeit. Außerdem können bei Bitcoin alle darauf vertrauen, dass bei der Ausschüttung niemand damit Unfug treibt. Schaut euch gerne mal die Münze an, die ich mitgebracht habe. Da stehen auch die wichtigsten Stichworte nochmal drauf, die meinem Vater bei der Erfindung wichtig waren: Freedom, Independence, Solidarity! Denn bei Bitcoin geht es auch darum, das Finanzsystem und die gesamte Marktwirtschaft menschlicher, also humaner zu machen. Es geht also nicht darum, ganz schnell ganz reich zu werden, auch wenn das bei einigen Leuten natürlich der Fall war, sondern dass das Geld fair verteilt wird und auch Menschen Zugang bekommen, die sonst vielleicht ausgeschlossen sind."

„OK", sagte Marie, „aber noch eine letzte Frage dazu, die dir vielleicht nicht so angenehm ist: Wie sieht es denn mit der Energiebilanz bei Bitcoin aus? Kritiker sagen ja oft, dass Bitcoin eigentlich schlecht für die Umwelt ist. Wie siehst du das?"

„Ja, man kann nicht leugnen, dass Bitcoin nicht gerade gut ist für die Umwelt. Das liegt an dem ganzen Strom, den die Miner brauchen. Bitcoin-Fans würden aber jetzt sagen, dass das in Ordnung ist, weil normales Geld noch viel mehr Strom verbraucht und weil die Sicherheit, die durch den Energieverbrauch hergestellt wird, auch die Energie wert ist, die fließt. Es gibt auch eine ganze Menge anderer Kryptowährungen, die nicht so viel Strom verbrauchen, aber das ist ja erst nächste Woche das Thema."

„Moment mal", unterbrach Marie, „**Kryptowährungen**? Das höre ich jetzt zum ersten Mal", sie zwinkerte.

„Ach ja, stimmt", antwortete Lina, „Bitcoin bezeichnet man auch als Kryptowährung. Das hat damit zu tun, dass sie auf **Kryptographie** basiert. Und Kryptographie hat mit der Verschlüsselung von Informationen zu tun. Das hatten wir auch schon in der Stunde, als Herr Mener uns die Gruppen zugewiesen hat. Da waren die Namen mit Zahlen verschlüsselt. Das ist, ganz vereinfacht, auch Kryptographie."

Nun war es wieder Zlatan, der den Vortrag abrundete: „Super, vielen Dank liebe Satomi Nakamoto. Ich glaube, das war es von unserer Seite aus." Dann wandte er sich an die ganze Klasse: „Wir werden euch noch allen heute Nachmittag ein PDF schicken, indem die technische Grundidee von Bitcoin erklärt wird. Satomis Vater war so nett, sein **White Paper** ein bisschen verständlicher zu formulieren. Hat sonst noch jemand Fragen?"

Es dauerte eine Weile, bis jemand etwas sagte, denn aus der Klasse meldete sich niemand.

„Gut", meinte Herr Mener. „Ich habe noch eine Frage: Wie konntet ihr euch das alles merken? Das war sehr beeindruckend."

„War auch eine Menge Arbeit", gab Lina zu.
„Das glaube ich gern. Ich bin wirklich zufrieden mit euch und würde sagen für heute war das auch genug. Ich wünsche euch noch einen schönen Tag und bis nächste Woche!"

UND NOCHMALS KURZ ZUSAMMENGEFASST

Satoshi Nakamoto ist der oder die unbekannte Erfinder(in) von Bitcoin. Bis heute weiß niemand, wer Satoshi wirklich ist.

Bitcoin (BTC) ist die bekannteste und älteste Kryptowährung. Sie wurde von Satoshi Nakamoto entwickelt.

Coins auf Deutsch „Münzen" sind Kryptowährungen mit eigener Plattform und unabhängiger Blockchain. Beispiele dafür sind Bitcoin oder Ether. Man kann sie ähnlich wie herkömmliches Geld auch als Zahlungsmittel verwenden.

Transaktion Eine Transaktion ist ähnlich wie eine Überweisung und bezeichnet das Versenden von Bitcoins oder anderen Kryptowährungen. Das Geld, das man dafür bezahlen muss, um eine Transaktion durchzuführen nennt man Transaktionsgebühr.

Mining, Miner Mining ist der Prozess, bei dem neue Bitcoins entstehen. Grundsätzlich geht es darum, Transaktionen in der Blockchain zu bestätigen und damit die Sicherheit des Netzwerkes zu garantieren. Computer, die die dazugehörigen Rechenprozesse durchführen, heißen Miner. Die Belohnung, die Miner dafür bekommen, dass sie das Bitcoin-Netzwerk am Laufen halten, nennt man Block Reward. Sie besteht aus derzeit 6,25 BTC und den Transaktionsgebühren.

Distributed-Ledger-Technologie (DLT) Distributed-Ledger-Technologien sind dezentrale Systeme, zu denen auch die Bitcoin-Blockchain gehört. Ledger ist das englische Wort für digitales Kassenbuch, welches sich in diesem Fall nicht an einer, sondern an vielen Stellen befindet.

Double-Spending-Problem beschreibt die Möglichkeit, digitale Währungen zweifach auszugeben, um sich dadurch zu bereichern.

Volatilität beschreibt die Kursschwankungen eines bestimmten Assets, zum Beispiel von Bitcoin oder Aktien.

Dezentralisierung beschreibt das Grundprinzip hinter Bitcoin. Statt einem zentralen Mittelpunkt wie etwa einer Bank besteht Bitcoin aus einem Netz aus Rechnern, die auf der ganzen Welt verteilt sind. Das System ist dezentral.

Kryptowährung Digitale Währung, die Kryptographie zur Grundlage hat.

Kryptographie auch Verschlüsselungstechnik. Ermöglicht es, Informationen so zu verschlüsseln, dass nur Sender und Empfänger die Information oder Transaktion sehen können.

White Paper Das White Paper von Bitcoin enthält die technischen Grundlagen und die Grundidee für Bitcoin.

DIE BLOCKCHAIN-TECHNOLOGIE UND WIE MAN SICHERHEIT SCHAFFT

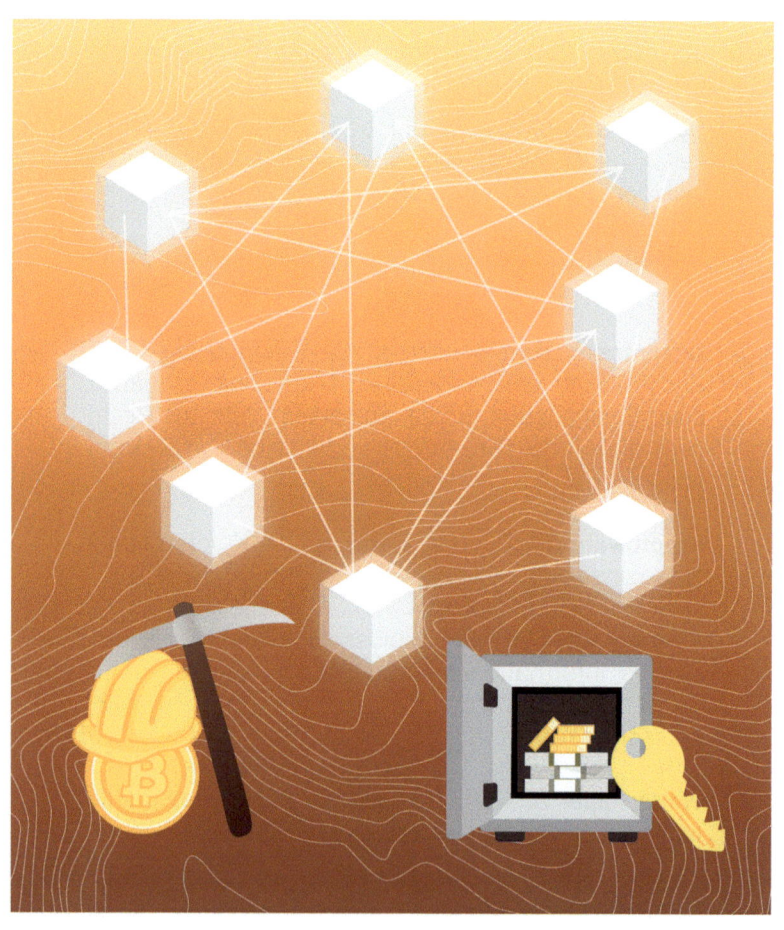

In der letzten Woche haben wir schon ein bisschen was über Bitcoin gelernt", begann Mia ihren Vortrag, den sie gemeinsam mit Miran und Emma halten würde. „Heute schauen wir uns die Technologie genauer an, auf der Bitcoin aufbaut: Die Blockchain-Technologie. Bei der Blockchain geht es darum, das haben wir schon gehört, Vertrauen technologisch herzustellen. Dafür gibt es aktuell zwei wichtige Verfahren: **Proof of Work** und **Proof of Stake.**"

Während Mia erklärte, um was es in der nächsten Schulstunde gehen sollte, hatte Miran mit seinem Laptop eine Präsentation gestartet und sie aufs Whiteboard projiziert. Die erste Folie zeigte Blöcke, die mit einzelnen Strichen verbunden waren.

„Was glaubt ihr, was das ist?", fragte Mia in die Klasse. Isabelle sagte in der letzten Reihe leise zu Louis: „Fünf hässliche Kästchen?" Louis lachte.

Dann meldete sich Lina: „Eine **Blockchain**? So heißt schließlich euer Vortrag."

„100 Punkte", lobte sie Mia, „dann kannst du uns ja vielleicht auch gleich sagen, wie die funktioniert?"

„Ähm, lieber nicht", sagte Lina grinsend. „Ist das nicht eure Aufgabe?"

„Ganz genau!" Mia, die mit dieser Antwort gerechnet hatte, ging zum Whiteboard. Dort zeigte sie auf die Kästchen.

„Das, was ihr hier seht, sollen **Blöcke** darstellen. Die sind miteinander verbunden. Es ist also eine Kette aus Blöcken. A chain of blocks auf Englisch. Oder eben Blockchain. Natürlich sieht die in echt nicht so aus, aber es ist einfacher, sie sich so vorzustellen. In Wirklichkeit sind das nur eine Menge Einsen und Nullen in einem Computer.

Sie machte eine kurze Pause und schaute zu Emma hinüber. Die verstand, dass sie jetzt dran war, also begann sie mit ihrer Erklärung:

„Die Blockchain-Technologie ist das, was technologisch gesehen die

Grundlage von Bitcoin und den meisten anderen Kryptowährungen ist, wie z.b. Ether, Solana oder Avalanche, sogenannte **Altcoins** - mit diesem Wort kann man alternative Kryptowährungen zum Bitcoin zusammenfassen. Um genau zu sein, ist „Bitcoin" eigentlich nur der Name für die Bitcoin-Blockchain. Sie stellt Vertrauen auf digitaler Ebene her. Das bedeutet, dass sie ohne einen so genannten Mittelsmann oder eine zentrale Vermittlungsstelle wie etwa eine Bank auskommt. Bei Bitcoin wird dieses Vertrauen über das Proof of Work-Verfahren hergestellt. Wie dieser „Arbeitsnachweis", wie wir das Verfahren auch nennen könnten, funktioniert, schauen wir uns jetzt genauer an."

Mia klickte sich währenddessen durch die Präsentation. Die nächste Folie zeigte einen Helm und eine Spitzhacke, wie sie Bergarbeiter verwenden. Emma fuhr mit der Erklärung des Proof of Work-Verfahrens fort:

„Dieses Proof of Work-Verfahren ist so ähnlich wie das Goldschürfen. Denn mit der Zeit wird es immer schwieriger, Gold zu finden. Genauso ist es auch bei der Bitcoin-Blockchain. Die Schürfer, auf Englisch Miner, sind hier allerdings Computer, die nach der Lösung von Rechenaufgaben suchen. Wenn sie diese gefunden haben, bekommen sie Bitcoins dafür. Man könnte es auch so sagen: Viele Computer rechnen um die Wette. Wer die richtige Lösung findet, darf den nächsten Block an die Blockchain dranhängen. In dem Block sind Informationen über die einzelnen Transaktionen, also Überweisungen gespeichert. Für den Aufwand, den die Miner betreiben, bekommen sie Bitcoins, wenn sie einen neuen Block schürfen. Im Moment sind das 6,25 Bitcoin. Alle vier Jahre halbiert sich diese Belohnung aber. Deswegen wird Bitcoin auch immer seltener. Wie beim Gold eben: Je mehr Gold abgebaut wird, umso weniger gibt es unter der Erde. Der Unterschied ist allerdings, dass wir beim Gold nicht genau wissen, wieviel es noch auf der Welt gibt. Bei Bitcoin wissen wir das hingegen ganz genau: Es gibt insgesamt 21 Millionen Stück, von denen schon knapp 19 Millionen geschürft worden sind. Der Rest wird nach und nach an die Miner verteilt. Die können sie wiederum verkaufen und dann ihre Stromrechnungen bezahlen. Mit Bitcoin geht das leider meistens noch nicht."

Die Präsentation zeigte nun ein GIF, bei dem Münzen aus Blöcken springen.

„Die Arbeit, die die Computer erledigen, verbraucht eine Menge Strom. Daher heißt der Mechanismus auch „Proof of Work", also Nachweis für die Arbeit. Die ganze Arbeit ist notwendig, um das Netzwerk sicher zu halten. Es gibt aber auch noch einen alternativen Mechanismus, der sehr viel weniger Strom benötigt. Er heißt Proof of Stake", fasste Emma zusammen.

Mia ergriff nun wieder das Wort, während Miran sich am Laptop zu schaffen machte. Sie erklärte den zweiten Mechanismus, durch den Übereinstimmung in Blockchain-Netzwerken hergestellt wird.

„Auch bei Projekten, die auf Proof of Stake setzen, geht es darum, Einigkeit und Sicherheit im Netzwerk herzustellen. Denn wie wir inzwischen wissen, gibt es bei Blockchain-Netzwerken keine zentralen Personen oder Unternehmen, die überwachen, dass alles mit rechten Dingen zugeht. Also muss das Netzwerk selbst dafür sorgen, dass alles passt. In manchen Netzwerken passiert das durch Proof of Stake. Diesen Mechanismus kann man sich wie eine große Lostrommel vorstellen. In die werfen verschiedene Teilnehmer ihre Münzen, von denen zufällig ausgewählt wird, wer den nächsten Block in die Blockchain einfügen darf. Die Chancen, dafür ausgewählt zu werden, steigen, wenn man mehr Münzen in die Trommel wirft. Deswegen gibt es auch Menschen, die sagen, dass das nicht ganz fair ist, da es die Menschen, die mehr Coins haben, bevorzugt. Denn wenn du ausgewählt wirst, bekommst du zusätzliche Coins zur Belohnung. Dafür benötigt Proof of Stake aber viel weniger Energie als Proof of Work. Deswegen versucht aktuell auch Ethereum, die zweitgrößte Kryptowährung nach Bitcoin, sein Modell auf Proof of Stake umzustellen."

Nun fuhr Miran fort, der bemerkte, dass Mia fertig war: „Ich glaube, wir sind so weit fertig mit unserem Vortrag. Nun würden wir euch gerne im Anschluss noch zu einer Diskussionsrunde einladen, die wir mit Herr Mener abgesprochen haben."

ALLES AUF EINEN BLICK

Proof of Work Konsensmechanismus im Bitcoin-Netzwerk. Sorgt für Einstimmigkeit, indem die einzelnen Parteien nachweisen (proof), dass sie Arbeit (work) geleistet haben. Siehe auch „Double-Spending-Problem".

Proof of Stake ist ein alternativer Konsensmechanismus zu Proof of Work. Beim Proof of Stake hinterlegen die Teilnehmer (so genannte Validators) Coins, um für die Richtigkeit der Transaktionen zu bürgen.

Blockchain auf Deutsch „Blockkette" ist eine dezentrale Datenbank. Hierbei werden die Daten und Transaktionen in den einzelnen digitalen Blöcken auf verschiedenen Rechnern gespeichert. Blockchains sind durch ihre Rolle, die sie als Grundlage von Kryptowährungen wie Bitcoin spielen, bekannt geworden.

Block Ein Block ist ein Teil einer Blockchain. Im Block sind die Transaktionen im Netzwerk gespeichert, z. B. Zahlungen, Informationen etc.

Altcoin Das Wort Altcoin setzt sich aus den englischen Begriffen alternative und Coin zusammen und bezeichnet alle Kryptowährungen außer Bitcoin. Beispiele sind Kryptowährungen wie Ether, Solana oder Avalanche.

BITCOIN, BÄUME UND DIE BLOCKCHAIN

Nach einer kurzen Pause eröffnete Herr Mener die Diskussion: „Lasst uns über den Strom- und Energieverbrauch sprechen. Wie wir schon gehört haben, verbraucht Bitcoin eine Menge Strom. Ist das gerechtfertigt? Mia, willst du uns vielleicht eine Einordnung geben, bevor die Diskussion losgeht?"

Mia nickte. „Also Bitcoin-Anhänger sagen, dass der Stromverbrauch für die Sicherheit wichtig ist. Bitcoin braucht dafür keine Banken, die alles am Laufen halten. Banken, Kreditkarten und all das, worüber wir schon vorletzte Woche gesprochen haben, verbrauchen viel mehr Strom. Da ist Bitcoin ein Witz dagegen. Aber, dass Banken und das normale Geldsystem so viel Strom verbrauchen nehmen wir einfach als gegeben hin."

Nun meldete sich Mattheo zu Wort:

„Ich habe mal gehört, dass Bitcoin so viel Strom frisst wie ein Viertel von Deutschland. Das ist doch schlecht für die Umwelt. Klar, dass die anderen, also Banken und so weiter, auch viel Strom verbrauchen, das stimmt schon. Ich finde aber, dass das ein schlechtes Argument ist. Brauchen wir wirklich noch ein neues Geld, das noch zusätzlich Strom verbraucht?"

Nun schaltete sich Lina ein, die in der vergangenen Woche die Rolle der Satomi Nakamoto gespielt hatte: „Genau das ist die Frage. Ich finde, dass das die Leute selbst entscheiden sollten. Wenn die Menschen sich dafür entscheiden, dass für sie Bitcoin sicherer ist als das normale Geld, können sie es doch benutzen, oder? Das ist auch das großartige an Bitcoin, dass es den Menschen wieder mehr Eigenverantwortung über die eigenen Finanzen geben kann und damit auch über die Entscheidung, für was sie Strom verbrauchen."

„Ich bin nicht wirklich überzeugt", entgegnete Mattheo, „es geht doch darum, dass wir insgesamt weniger Strom verbrauchen und dass wir vor allem den CO_2-Ausstoß senken, um unserer Umwelt etwas Gutes zu tun."

„Das stimmt. Man muss sich die Sache mit dem Stromverbrauch

aber etwas genauer ansehen", sagte Lina, „nur weil etwas viel Strom frisst, heißt das noch nicht unbedingt, dass es auch viel CO2 ausstößt." „Genau, schaltete sich Lilith ein, es kommt immer darauf an, wie der Strom hergestellt wird. Wenn Strom zum Beispiel aus einem Kohlekraftwerk kommt, ist das viel umweltschädlicher, als wenn er von Windrädern kommt. Deswegen kommt es darauf an, dass Bitcoin in Zukunft hoffentlich aus noch mehr nachhaltigen Stromquellen hergestellt wird, sonst macht es tatsächlich nicht viel Sinn. Aber einige Menschen, die sich mit Kryptowährungen beschäftigen, arbeiten daran auch schon. Es gibt inzwischen einen eigenen Bitcoin-Mining-Rat, der es sich zum Ziel gesetzt hat, Bitcoin umweltfreundlicher zu gestalten. Laut Berechnungen wurden zum Beispiel im Herbst 2021 schon über die Hälfte aller Bitcoins aus nachhaltiger Energie hergestellt."

Es war nun Elias, der das Wort ergriff, um Lilith und Lina zu unterstützen: „Man muss sich auch mal anschauen, was Bitcoin dafür leistet, dass es so viel Strom verbraucht. Denn dadurch, dass wir keine Banken und Staaten brauchen, können auch Menschen das Geld benutzen, die vom normalen Geldverkehr ausgeschlossen sind. Aber darüber hören wir nächste Woche gegebenenfalls auch noch etwas, oder?"

Ein kurzer Blick zu Herrn Mener, der nickte.

Danach meldete sich Lina nochmals abschließend zu Wort: „Vielleicht noch eine Sache zum Energieverbrauch. Im Jahr 2022 hat man ausgerechnet,dass nur die Weihnachtsbeleuchtung in den USA so viel Energie frisst wie Bitcoin und das einfach nur dafür, dass es bunt leuchtet. Sollte man nicht eher etwas mehr auf sowas verzichten als auf ein weltweit funktionierendes Geldsystem?"

VON DEUTSCHLAND NACH VENEZUELA

An diesem Freitag waren Louis, Laura und Ella dran. Nach einigen Minuten war alles bereit und während Ella und Laura die Klasse begrüßten, öffnete Louis erst eine Videocall-App auf seinem Laptop und drehte ihn dann in Richtung Klassenzimmer.

Ella begann derweil zu erklären: „Wir werden heute über **finanzielle Inklusion** sprechen. Dafür unterhalten wir uns mit Louis' älterer Schwester Sarah. Sie macht gerade ein Auslandsjahr in Venezuela und wird uns ein paar Dinge über die Situation dort erzählen."

Louis startete den Call mit seiner Schwester. Zuerst ruckelte das Bild etwas, dann war sie für die ganze Klasse zu sehen. „Könnt ihr mich hören?", fragte sie.

„Hi Sarah, ja wir können dich hören. Hörst du mich auch?", antwortete Louis, als er sah, dass Sarah auf ihre Ohren zeigte und den Kopf schüttelte. Also schaltete er schnell das Mikro an. „Sorry. Immer dasselbe. Jetzt besser?"

„Perfekt," antwortete Sarah, „von mir aus können wir loslegen."

„Super", sagte Louis, „dann wollen wir mal: Sarah, kannst du uns etwas zur wirtschaftlichen Situation in Venezuela sagen?"

„Klar. Hier herrscht eine **Hyperinflation**. Das bedeutet, dass die **Inflation** so extrem ist, dass man kaum noch den Überblick darüber hat, wie schnell das Geld nichts mehr wert ist. Das ist für viele hier frustrierend. Du kannst einfach nichts ansparen, weil das Geld schon nach wenigen Tagen nur noch einen Bruchteil wert ist. Die Banknoten zerfallen quasi zu Staub. Das lohnt sich fast nicht mehr, die zu drucken."

„Das hört sich furchtbar an", kommentierte Laura die Situation, „was machen die Leute denn dann?"

„Sie suchen nach Auswegen. Die staatliche Währung, den Bolívar, will eigentlich niemand mehr benutzen. So gibt es immer mehr Menschen, die versuchen, an US-Dollar zu kommen. Doch auch Kryptowährungen wie zum Beispiel Bitcoin werden immer mehr benutzt. Die sind zwar ebenfalls nicht so sicher, weil sie oft in ihrem Wert schwanken. Aber das ist den Menschen oft trotzdem noch lieber als die Hyperinflation bei der staatlichen Währung. So werden die Menschen immer weiter von Finanzdienstleistungen ausgeschlossen und schauen blöd aus der Wäsche. Das ist echt..."

Da brach plötzlich die Verbindung ab. Louis versuchte sie hektisch wiederherzustellen, doch da war nichts zu machen.

„Mist...", murmelte Louis. Ella und er schauten sich ratlos an.

Laura sprang ein: „Dann machen wir so weiter, oder? Das Wichtigste haben wir schon erfahren."

Louis nickte und gab seiner Schwester noch schnell mit dem Handy Bescheid, dass sie fertig waren. Nun war es Ella, die weitersprach:

„Unser Thema heute ist finanzielle Inklusion und Gerechtigkeit im Zusammenhang mit Geld. Finanzielle Inklusion beschreibt den Versuch, Menschen mit einzuschließen, die bisher vom internationalen Geldsystem ausgeschlossen sind. Das sind eine ganze Menge. Laut Schätzungen gibt es weltweit 1,7 bis 2 Milliarden Menschen, die kein Bankkonto haben, fast 20 Prozent aller Menschen auf der Erde. Das müsst ihr euch mal vorstellen: Fast jeder fünfte Mensch auf diesem Planeten hat keinen Zugang zu einem Bankkonto. In Ländern wie dem Südsudan, der zentralafrikanischen Republik, Afghanistan, Niger, Madagascar oder Sierra Leone haben über 80 Prozent der Menschen kein Bankkonto."

Ella sah in die ungläubigen Augen ihrer Mitschülerinnen und Mitschüler.

„Ihr werdet euch nun sicher fragen, warum das so ist. Das hat mehrere Gründe. Oft wurden solche Länder vom Bankensystem ausgeschlossen, zum Beispiel weil deren Politiker und Regierungen gegen die Menschenrechte verstoßen haben. Das ist zwar oft ein Mittel, um die Politiker zu bestrafen. Aber, wie auch im Krieg trifft es bei solchen Sanktionen auch sehr viele Menschen, die nichts dafürkönnen: Die ganz normale Bevölkerung." Ella schaute kurz in die Klasse, um sich zu vergewissern, dass sie ihr noch folgten.

„Doch auch hier in Deutschland gibt es über eine halbe Million Menschen, die kein Bankkonto besitzen. Dass man kein Konto bekommt, kann passieren, wenn man keine feste Wohnung hat, wenn man Schulden oder kein regelmäßiges Einkommen hat. Man muss auch immer bei solchen Sachen eine Schufa-Auskunft einholen. Das ist ein privates Unternehmen, das Informationen über uns alle sammelt und dann entscheidet, ob wir kreditwürdig sind oder nicht. Wenn die sagen, dass wir nicht kreditwürdig sind, etwa weil wir Schulden haben, dann haben wir Pech gehabt."

„Sprich man bekommt einfach kein Konto mehr bei einer Bank?", fragte Lilith.

„Richtig", übernahm nun Laura das Wort, „da kalkulieren die Banken knallhart. Wenn sie wissen, dass die Menschen ihnen kein Geld einbringen, bekommen sie kein Konto, obwohl sie rechtlich eigentlich dazu verpflichtet sind. So einfach ist das. Wenn du kein Konto hast, wird es auch schwierig mit dem Job, weil du dann ja kein Gehalt überwiesen bekommen kannst. Nur wenige Arbeitgeber sind bereit, den Lohn in bar zu bezahlen. Wenn du kein regelmäßiges Einkommen hast, bekommst du keine Wohnung und so weiter. Dann bist du ganz schön angeschissen. Sorry, Herr Mener."

Herr Mener schüttelte nur den Kopf und bestätigte: „Schon gut. Da hast du recht. Es ist auf jeden Fall unfair, finde ich ebenfalls. Darüber würde ich gerne mit euch diskutieren. Findet ihr es in Ordnung? Könnt ihr euch eine Lösung vorstellen?"

Lina meldete sich. „Als Satomi Nakamoto würde ich jetzt sagen: Ich kenne eine Währung, bei der man keinen festen Wohnsitz oder sonst irgendwas braucht: Bitcoin. Da braucht man nämlich nur einen Internetanschluss und kann sich einfach so eine digitale Brieftasche, **Wallet** genannt, einrichten. Das ist doch viel fairer! Da können einfach alle mitmachen, ganz egal, ob es nun eine Inflation gibt oder irgendwelche Sanktionen."

Laura nickte. „Hat sonst noch jemand Ideen?"

Die Hände suchten sich nun überall ihren Weg in die Luft. Ella rief einen Schüler ganz hinten auf: „Oskar?".

Der versuchte nicht rot zu werden, während er seine Meinung zur finanziellen Inklusion aussprach:

„Ich finde, dass man schon viel früher ansetzen muss. Bei Bildung zum Beispiel. Sollten wir nicht für Gerechtigkeit sorgen, so dass wir erst gar keine alternativen Währungen wie Bitcoin brauchen? Ich weiß nicht, aber ich finde das alles ziemlich unfair…"

„Da hast du absolut recht. Aber wie würdest du das Problem mit dem Zugang zu Geld lösen?", hakte Louis nach.

„Ich weiß es auch nicht genau", sagte Oskar, „vielleicht doch mit einer Währung, die für alle da ist? Ohne Grenzen und oft willkürliche Einschränkungen?"

Ein Räuspern ließ die Klasse wissen, dass Herr Mener nun etwas sagen würde:

„Es gibt eine Denkrichtung, die in diesem Zusammenhang vielleicht interessant ist: Die „Humane Marktwirtschaft". Sie setzt sich für ein ganzheitliches und nachhaltiges Wirtschaftsmodell ein. Das bedeutet, dass Staaten weniger in das Wirtschaftsgeschehen eingreifen und die einzelnen Menschen dafür mehr Freiheiten haben. Die Denker hinter der humanen Marktwirtschaft finden, dass die Menschheit nur durch Bildung weiterkommt und die Staaten mehr Geld in diese stecken sollten. Da passt ein dezentrales Geldsystem wie Bitcoin gut rein. Aber das ist nur eine Denkrichtung von vielen. Am Ende muss man verschiedene Lösungsansätze finden, die ineinandergreifen."

WIE WAR DAS NOCHMAL?

Finanzielle Inklusion beschreibt das Vorhaben oder den Wunsch, alle Menschen am internationalen Finanzsystem teilhaben zu lassen.

Inflation - kommt vom lateinischen Wort inflatio („aufblasen"). Man spricht von Inflation, wenn die Preise stark steigen. Das kann unter anderem daherkommen, dass die Geldmenge, die im Umlauf ist, zu stark erhöht wird.

Hyperinflation Die Hyperinflation ist eine Form der Inflation, bei der die Preise sehr schnell ansteigen.

Wallet Eine Art digitale Brieftasche für die Aufbewahrung von Kryptowährungen. Man unterscheidet zwischen Cold Wallet bei dem die notwendigen Informationen offline gespeichert werden und Hot Wallet, bei dem die Daten online gespeichert werden.

ZIEMLICH SMARTE CONTRACTS UND EINE RIESENMENGE GELD

Heute sprechen wir über etwas, von dem wir alle betroffen sind, das aber die wenigsten so richtig kennen: Mittelsmänner oder auch Zwischenhändler. Also Unternehmen, Programme oder Menschen, die sich bei Prozessen dazwischenschalten und dafür Geld kassieren. Hat jemand eine Idee, wer oder was so ein Mittelsmann sein könnte?", fragte Lilith als Auftakt am nächsten Freitag. Sie stand mit Finja und Francesco vor der Klasse und wartete auf eine Antwort. Doch es kam nichts.

Lilith fuhr fort: „In der Regel machen sie Kaufprozesse oder Transaktionen einfacher und verlangen eine Gebühr für ihre Dienstleistung." Sie schaute sich um. „Niemand eine Idee?"

„Puh", murmelte Lilith, nachdem sich niemand meldete und fuhr dann fort, „ein **Mittelsmann** ist zum Beispiel ein Notar, den man braucht, wenn man ein Haus kauft. Er vermittelt zwischen Käufern und Verkäufern. Aber auch Unternehmen können Mittelsmänner sein, ein sehr bekannter ist Amazon. Amazon vermittelt zwischen Menschen, die etwas einkaufen und Unternehmen oder sonstigen Anbietern, die etwas verkaufen wollen. Es ist ein großer Online-Marktplatz, auf dem man alle möglichen Dinge handeln kann. Man spricht in diesem Zusammenhang auch von Intermediären, also den Vermittlern zwischen Angebot und Nachfrage."

Da meldete sich dann doch jemand. Es war Finn: „Also eigentlich machen die nichts, außer Dinge hin und herzuschieben und dafür Geld zu bekommen?"

Lilith nickte: „Naja, inzwischen bietet Amazon auch andere Dienstleistungen wie Streaming an. Aber im Prinzip stimmt das, ja. Sie klemmen sich dazwischen und verlangen dafür Geld. Und zwar so viel, dass Jeff Bezos, der Gründer von Amazon, dadurch eine Zeit lang zum reichsten Menschen der Welt geworden ist. Mittlerweile wurde er aber von Elon Musk überholt. Unfairerweise hat Amazon teils noch seine Händler unter Druck gesetzt, wenn sie ihre Produkte auf anderen Plattformen günstiger angeboten haben. Auch bei Buchverkäufen hat Amazon schon Druck ausgeübt. Wenn sich die Verlage zum Beispiel nicht so verhalten haben, wie sie das möchten, haben sie die Verkäufe einfach blockiert. Das nennt man auch Marktmachtmissbrauch. Ihr könnt bei Gelegenheit gerne mal googlen, was die noch so machen."

Viele der Schüler und Schülerinnen griffen instinktiv zur Hosentasche.

„Nicht jetzt: Keine Handys im Unterricht", sagte Lilith in ihrem strengsten Tonfall, um dann breit zu grinsen und mit ihrem Vortrag fortzufahren.

„Jedenfalls ist Amazon bei Weitem nicht das einzige Unternehmen, das als Mittelsmann einen unfassbaren Reichtum angehäuft hat. Auch Banken verdienen ihr Geld damit, indem sie vermitteln, nämlich Geld zwischen Menschen, den Zentralbanken und dem Staat und dafür kassieren sie Gebühren. Zu den reichsten Menschen, die jemals auf der Erde gelebt haben, gehören die Mitglieder der Rothschild-Familie. Sie kommen auf ein Vermögen von rund 350 Milliarden US-Dollar. Einfach nur fürs Vermitteln. Ähnlich lukrativ waren in der Geschichte der Menschheit eigentlich nur Krieg, Stahl und Öl. Aber das ist nochmal eine andere Geschichte. Fassen wir zusammen: Es geht eine Menge Geld dafür drauf, dass es Mittelsmänner gibt und deren Hauptaufgabe ist es oft, sich irgendwo dazwischen zu klemmen und die Taschen aufzumachen. Doch es gibt inzwischen Ideen, um das ganze fairer zu gestalten. Was das ist, wird euch jetzt Finja erklären."

„Danke Lilith", begann Finja ihren Vortrag, „wir haben in den letzten Wochen bereits einiges über Kryptowährungen gehört. Da geht es, wie wir schon wissen darum, die Mittelsmänner in der Finanzwelt zu umgehen. Das wird durch die Blockchain-Technologie möglich. Auch das haben wir schon gehört. Heute geht es um die zweitbekannteste der Kryptowährungen: **Ethereum**. Das Projekt hat sich **Vitalik Buterin** im Jahr 2013 ausgedacht, damals war er gerade mal 19 Jahre alt. Ähnlich wie Bitcoin ist auch Ethereum ein Blockchain-Netzwerk, allerdings mit dem Unterschied, dass es bei Ethereum **Smart Contracts** gibt."

„Wie kommt man denn mit 19 Jahren auf die Idee so ein Projekt aus dem Boden zu stampfen?", fragte Oskar ungläubig.

„Gut, dass du fragst", sprang Lilith ein, „tatsächlich hatte das etwas damit zu tun, dass Vitalik Buterin ein Gamer war. Er hat, so erzählt er es selbst, früher viel World of Warcraft gespielt. Irgendwann haben die Programmierer des Spiels aber in das Spiel eingegriffen und die Figur, die er gespielt hat - einen Hexenmeister - geschwächt. Das ist zu der Zeit vielen Figuren und Spielern passiert. Wie er mal in einem Interview erläutert hat, wurde Buterin aber durch diesen Eingriff damals klar, dass es in zentralisierten Systemen einfach dazu kommen kann, dass einzelne ihre Macht missbrauchen können. Dann stieß er auf Bitcoin und die Welt der Dezentralisierung, wo Institutionen keine Macht haben, und so gründete er Ethereum. Die Grundidee war ähnlich wie die von Bitcoin, nur, dass er eben noch Smart Contracts hinzufügte."

Francesco hatte in der Zwischenzeit den Beamer angeworfen und ein Bild von Vitalik Buterin an die Wand projiziert, um Finjas Ausführungen zu illustrieren.

„Das Besondere an Smart Contracts ist, dass man sie so programmieren kann, dass sie Befehle automatisch ausführen. Daher kommt auch der Name Smart Contracts, also intelligente Verträge. Durch sie kann man Kosten einsparen, die man bei Unternehmen und Mittelsmännern normalerweise hat: Marketing, Personal, Chefs mit hohen Gehältern. Mit Smart Contracts kann man zum Beispiel Crowdfunding betreiben, also Geld für neue Projekte und Ideen einsammeln. Wenn jemand eine Idee für ein Projekt hat, kann er oder sie einen Smart Contract programmieren. Das funktioniert dann beispielsweise so, dass wenn man insgesamt 1.000.000 Euro eingesammelt hat, das Ziel erreicht ist und Belohnungen ausgezahlt werden. Diese Bedingungen nennen sich Wenn-Dann-Bedingungen. Sprich: Wenn Bedingung X erfüllt ist, dann tritt Folge Y automatisch ein. Für X und Y kann man dann beliebiges einsetzen, zum Beispiel: Wenn die Bedingung X = Geld wird am Ende des Monats überwiesen eintritt, dann tritt als Folge Y = Verlängerung der Wohnungsmiete für den Folgemonat ein."

Um das ganze etwas besser verständlich zu machen, hatte Francesco nun eine Grafik an die Wand projiziert, in der dargestellt wurde, wie die „Wenn-Dann-Bedingungen" funktionieren.

Finja fuhr fort: „Außerdem kann man einen Smart Contract so programmieren, dass er das Geld in Form von digitalen Münzen beziehungsweise Coins ausschüttet, sobald das Ziel erreicht ist. So können Menschen ihr Vertrauen in den Smart Contract und die Blockchain-Technologie anstatt in eine Crowdfunding-Firma setzen. Genau das machte Vitalik Buterin mit seinem Projekt. Er gab in einem so genannten **Initial Coin Offering** einzelne Token, also digitale Münzen heraus, die er **Ether** nannte. Die Menschen, die sich für sein Projekt begeistern konnten, kauften sie ihm ab und finanzierten dadurch das Projekt. Dafür benötigte er keine Bank und keine Schufa, sondern nur seine Programmierkenntnisse und die Blockchain-Technologie. Heute ist er dadurch steinreich geworden und hat der Welt eine neue Technologie geschenkt."

Finja nickte nun Lilith zu, die das Wort ergriff.

„Diese Smart Contracts kann man bei verschiedenen Dingen anwenden, zum Beispiel in der Logistik und beim Versand von Waren. Wenn wir einen Computer bestellen, passieren viele Dinge, von denen wir nichts mitbekommen, es gibt viele einzelne Arbeitsschritte. In einer Mine irgendwo auf der Welt, wird das nötige Metall für die Festplatten abgebaut, die wiederum ganz woanders zusammengebaut werden. Wenn die Platten fertig sind, werden sie wieder an einen weiteren Ort geschickt, um sie mit den anderen Bauteilen zusammenzusetzen."

Francesco sorgte dafür, dass die Klasse eine Darstellung sah, die die einzelnen Arbeitsschritte für die Herstellung von Computern zeigte und ergriff das Wort.

„Das Problem dabei ist: Momentan haben die wenigsten Menschen den Überblick, wie das eigentlich funktioniert und an welchem Ort was gemacht wird. Deswegen hört man immer wieder von Verletzungen von Menschenrechten, etwa wenn Kinder in Kobalt-Minen arbeiten müssen, nur damit wir neue und vor allem günstige Akkus in unseren Computern oder Smartphones haben."

„Warum sollte das mit einer Blockchain besser funktionieren?", fragte Elias.

„Wenn man das Ganze mit einer Blockchain organisieren würde, könnte man von jedem einzelnen Standpunkt aus Nachrichten an die Blockchain schicken, sobald ein Einzelteil fertig ist und der nächste Schritt in der Produktion beginnt. Die Smart Contracts kann man so programmieren, dass sie die Unternehmen direkt bezahlen, sobald ein bestimmter Schritt in der **Lieferkette** abgeschlossen ist. Wenn wir am Ende unseren Computer haben, können wir über die Blockchain-Daten genau überprüfen, woher welches Teil kommt. So könnte man besser überprüfen, ob Arbeitsbedingungen und Umweltvorschriften korrekt befolgt werden. Auch wenn es später Fehler gibt, kann alles genau über die Blockchain und die Smart Contracts zurückverfolgt werden. Dadurch können wir eine Menge Arbeit sparen und viele, viele Intermediäre."

„Hört sich gut an", kommentierte Elias, der das Thema spannend fand, „werden die Blockchain oder diese Smart Contracts dort auch eingesetzt?"

„Momentan gibt es noch Anfangsschwierigkeiten, da viele Unternehmen die Technologie noch nicht ganz verstehen und es auch rechtlich noch nicht alles abgesichert ist. Hauptsächlich benutzt man Smart Contracts noch im Bereich der Finanzen. Weil alles ohne Mittelsmann abläuft, spricht man von dezentralen Finanzen, auf Englisch **Decentralized Finance** oder kurz: **DeFi**. Bei DeFi kann man unter anderem Geld verleihen und dafür Zinsen bekommen. Dafür muss man sich nicht erst bei einer Bank anmelden, da alles über Kryptowährungen läuft. Damit geht das direkt von Mensch zu Mensch. Im Englischen spricht man auch von einem **Peer-to-Peer-Netzwerk**."

Finja, die eben noch eine grafische Darstellung eines solchen Netzwerkes an die Wand projiziert hatte, ließ es sich nun nicht nehmen, auch noch etwas zum Thema beizutragen:

„Aber ganz ausgereift ist das Konzept leider noch nicht. Der Nachteil bei Technologien, die ohne Intermediäre auskommen, ist, dass sie oft nicht reguliert sind. Das bedeutet, dass keine Behörde und keine Regierung dahintersteht und aufpasst, dass keine Betrügereien passieren. Ein weiterer Nachteil ist, dass die Smart Contracts leider noch fehleranfällig sind. Da sie von Menschen programmiert werden, kam es in der Vergangenheit immer wieder zu Fehlern. Dadurch konnten Hacker auf die Smart Contracts zugreifen und einfach Geld ausschütten, obwohl die notwendigen Bedingungen gar nicht erfüllt waren. Es gibt auch immer wieder Menschen, die Kryptowährungen benutzen, um sich selbst zu bereichern und anderen zu schaden. Auch Geldwäsche ist immer wieder ein Thema bei Kryptowährungen. In diesem Bereich gibt es noch eine Menge zu tun."

NOCHMALS ALLES IN EINEM KASTEN

Mittelsmann Vermittler zwischen zwei Parteien, auch „Intermediär" genannt. Im Finanzbereich sind zum Beispiel Banken die Mittelsmänner.

Ethereum ist das zweitgrößte Blockchain-Projekt im Krypto-Space. Es fokussiert sich auf Smart Contracts, also programmierbare Verträge. Die zugehörige Kryptowährung heißt Ether (ETH).

Vitalik Buterin Erfinder hinter dem Blockchain Netzwerk Ethereum und Ether, der zweitgrößten Kryptowährung nach Bitcoin.

Smart Contract „Intelligenter Vertrag", der automatisch ausgeführt wird, sobald bestimmte Ereignisse auftreten.

Initial Coin Offering Bei einem Initial Coin Offering (ICO) werden neue Coins herausgegeben. Oft werden ICOs ins Leben gerufen, um bestimmte Projekte zu finanzieren.

Lieferkette ist ein Netzwerk, bei dem Güter vom Ausgangsort bis zum Zielort transportiert werden.

Decentralized Finance (DeFi) Die dezentralisierte Finanzwirtschaft beschreibt alle dezentralen Anwendungen, die sich rund um Bitcoin & Co. im Bereich der Finanzen gebildet haben.

Peer-to-Peer-Netzwerk In Peer-to-Peer (Kollege zu Kollege) Netzwerken treten die Teilnehmer direkt miteinander in Kontakt. Sie benötigen dazu keine Mittelsmänner.

ZOCKEN UNTER FREUNDEN

Am Abend hatten sich Oskar und Mo wieder mal zum Zocken verabredet. Mohammed stand, mit etwas Verspätung, vor Oskars Tür.

„Hey, Mo, da bist du ja endlich!" begrüßte Oskar seinen Gast mit einem Handschlag.

„Ja, tut mir leid, ich musste noch meiner Schwester bei den Hausaufgaben helfen."

„Kein Ding. Ich habe mich schon mal warm gespielt", grinste Oskar. Routiniert setzten sich die beiden vor die Konsole und spielten die erste Runde FIFA. Während die Daumen über die Gamepads flogen, erzählte Oskar nebenbei:

„Ich habe heute gelesen, dass **EA** sich überlegt, bald mit NFTs anzufangen. Da muss man dann einen Haufen Kohle dafür zahlen, damit man sich ein gutes Fußball-Team zusammenstellen kann. Voll nervig. Aber die meisten Leute haben da keinen Bock drauf. Ich hoffe ja, dass die das bleiben lassen."

Mo nickte, während er weiterhin konzentriert auf den Bildschirm schaute. „Ja, finde ich auch unnötig. Aber hast du schonmal **Axie Infinity** gezockt? Das ist witzig. So ähnlich wie **Pokémon Go**. Mein Bruder hat das und hat mich auch mal spielen lassen. Da kann man sogar Geld damit verdienen."

„Echt? Wie soll das denn gehen?"

„Du musst Monster züchten, die heißen Axies. Die kannst du dann gegeneinander kämpfen lassen und miteinander kreuzen, um neue zu züchten. Fürs Zocken bekommst du Kryptowährungen als Belohnung. Wenn du dann welche gezüchtet hast, kannst du die dann wieder verkaufen."

„Ok und das kann man einfach so spielen?"

„Nicht ganz", sagte Mohammed, „du musst dir erstmal Axies kaufen. Die gibts umgerechnet ab 18 Euro etwa. Davon brauchst du drei."

„Na toll. Das gebe ich lieber für was anderes aus."

„Naja, mein Bruder sagt dazu: Du musst Geld ausgeben, um welches zu verdienen. Aber mal was ganz anderes: Bist du bei Ella eigentlich weitergekommen?"

„Hmm."

„Hmm ja oder hmm nein?"

„Hmm."

„Du musst es einfach versuchen, frag sie doch mal, ob sie mit dir was machen will. Sonst wird das nichts."

„Hmm. Mal schaun".

WAS IST DAS?

EA Sports Electronic Arts, kurz EA, ist ein Computerhersteller, der unter anderem für die Fußballspielreihe Fifa bekannt ist.

Axie Infinity Blockchain-basiertes Onlinespiel, bei dem man Monster (Axies) gegeneinander kämpfen lässt und dabei Geld in Form von Kryptowährungen verdienen kann.

Pokémon Go ist ein Augmented Reality Spiel, bei der man per App durch die analoge Welt gehen kann, um Pokémon, kleine digitale Monster, einzufangen und sie gegeneinander kämpfen zu lassen.

NFTS, POKÉMON UND TEURE KLEINE AFFEN

Als die Klasse am nächsten Freitag ins Klassenzimmer kam, lagen auf jedem Tisch Pokémon-Karten. Alle betrachteten sie etwas verwundert.

„Heute geht es um so genannte **Non Fungible Token** – kurz auch NFTs", begann Alva dann die Erklärung. „Bevor wir beginnen, habe ich gleich mal eine Frage für euch: Was unterscheidet die Karten auf eurem Tisch von Geld?"

„Sie sind bunter!", rief Isabelle von hinten.

„Genau, sie sind bunt. Was noch?" fragte Alva weiter.

„Sie sind wertlos!" rief Hannah, die mit den Karten offenbar nichts anfangen konnte.

„Findest du?", antwortete Alva, „sagen das die anderen auch?"

Manche aus der Klasse schüttelten energisch den Kopf, andere zuckten mit den Achseln.

„Okay, dann belassen wir das mal so. Manche finden, dass Pokémon-Karten wertlos sind, andere nicht. Was fällt euch noch auf? Vergleicht sie doch mal untereinander", fuhr Alva fort.

Der letzte Hinweis fiel auf fruchtbaren Boden. Denn endlich bekam Alva die Antwort, die sie bekommen wollte:

„Sie sind fast alle unterschiedlich?", versuchte es Lilith.

„Genau!", rief nun Levin, der sich bisher zurückgehalten hatte und übernahm nun seinen Teil des Vortrags. „Sie sind unterschiedlich. Auf einigen Karten sind vielleicht dieselben Pokémon abgebildet. Aber nicht alle Karten sind untereinander austauschbar. Bei Geld ist das anders. Denn man kann jede 1-Euro-Münze mit jeder beliebigen anderen 1-Euro-Münze tauschen, der Wert ist immer gleich. Hier spricht man daher von **Fungibilität** oder Austauschbarkeit. Das hatten Maja, Hannah und Paul euch ja auch schon bei ihrem

Vortrag über Geld erzählt. Pokémon-Karten sind aber genau eben nicht fungibel."

Levin linste zu Alva rüber, um kurz zu checken, ob er alles richtig erklärt hatte. Die nickte ihm zu, was ihn ermutigte, weiterzusprechen.

„Und genau darum geht es auch bei unserem heutigen Thema, den NFTs - kurz für Non Fungible **Token** oder Nicht-Austauschbare-Token. Das sind nicht fungible Token, die auf der Blockchain gespeichert werden. Im Gegensatz zu anderen Token wie zum Beispiel Bitcoin, sind sie jedoch nicht als Währung beziehungsweise Zahlungsmittel gedacht. Es sind Sammlerstücke wie unsere Pokémon-Karten hier. Dadurch, dass sie digital sind, kann man sie aber leichter versenden und auf der ganzen Welt tauschen oder verkaufen. Man bewahrt sie dann in einem digitalen Sammelalbum auf, einem **Krypto-Wallet.**"

Levin blickte wieder zu Alva rüber. Nun war sie dran.

„Genau" fuhr Alva fort, „weil das viele Menschen für eine besondere Idee halten, gab es vor allem im Jahr 2021 einen richtigen Hype um NFTs. Das ging so weit, dass jemand im März 2021 Kunst in Form eines NFTs für 69 Millionen US-Dollar verkauft hat."

„Einfach für ein digitales Kunstwerk?", rief Lina dazwischen, „nur, um danach ein Kunstwerk zu besitzen?"

„Ja", bestätigte Alva, „und eigentlich bekommt man für das ganze Geld nur einen digitalen Token. Das echte Kunstwerk, das dann zum Beispiel fotografiert oder anders digital abgebildet wird, gehört einem gar nicht. Denn NFTs sind noch so neu, dass es dafür noch keine richtigen Gesetze gibt."

Alva hielt kurz inne, um ihre Worte wirken zu lassen. Nun fuhr Luca mit dem Vortrag fort:

„Besonders lustig finde ich den Bored Apes Yacht Club. Das sind 10.000 kleine Bilder von Affen, die zusammen eine Kollektion bilden. Wie bei Pokémon gibt es da einige Bilder, die wertvoller sind als andere. Wer so einen Affen besitzt, bekommt außerdem spezielle Rechte. Denn der- oder diejenige ist dann Mitglied des Affenclubs. Der NFT funktioniert wie eine Eintrittskarte. Zum Beispiel können die Mitglieder sich bei einem speziellen Discord-Server anmelden und mit anderen Mitgliedern des Clubs abhängen. Besitzer der Bored Ape Yacht Club NFTs haben irgendwann auch einen digitalen Trank bekommen. Wenn sie den ihren Affen gaben, ist ein neuer mutierter Affe entstanden. Daraus wurde der Mutant Ape Yacht Club. Die waren ebenfalls so beliebt, dass sie für Millionen von Dollar verkauft werden konnten."

„Also ist das alles eine riesige Geldmaschine?", fragte Isabelle.

Luca nickte: „Exakt und man muss ziemlich aufpassen, denn hier sind immer wieder Betrüger unterwegs. Mein Bruder wollte zum Beispiel mal selbst einen NFT für ein Kunstprojekt erstellen und hatte sich dafür Hilfe im Internet gesucht. Er stöberte auf Reddit, Discord und im Telegram-Messenger und konnte sich vor Angeboten kaum retten. Dann sagte ihm einer der angeblichen Helfer, dass er nur seinen **Private Key** von seiner Ethereum-Wallet bräuchte und dann den Rest für ihn erledigen könnte. Naiv wie mein Bruder war, hat er einfach seinen Private Key weitergeleitet. Und das ist, so hat er das nachher gesagt, anscheinend das dämlichste, was man machen kann. Dadurch hatte der Typ von Telegram nämlich die Macht über die Coins, die sich mein Bruder für das Projekt extra gekauft hatte. Danach hat er nie wieder was von dem Kerl gehört und seine Coins waren weg. Jetzt hat er genug vom NFT-Kram."

„Ziemlich unschöne Sache", übernahm nun Levin wieder das Wort. „NFTs werden inzwischen aber auch für ganz viele verschiedene Dinge benutzt. Gerade im Online-Gaming gibt es immer mehr Anbieter, die auf NFTs setzen. So kann man zum Beispiel in bestimmten Spielen seltene Gegenstände und Schwerter kaufen, die man dann als NFT bekommt."

„Hab' ich auch schon mitbekommen. Voll nervig. Da muss man dann Geld zahlen, um besser zu werden. In der Gaming-Szene finden viele Leute das gar nicht lustig", ergriff Oskar das Wort.

„Richtig", bestätigte Luca, „außer der ganzen Gaming-Sache gibt es aber auch Unternehmen, die versuchen, mit NFTs eine Verbindung zur echten Welt herzustellen. So gibt es inzwischen zum Beispiel Sneakers-NFT. Wer sich die Schuhe kauft, bekommt einen NFT dazu und wer einen NFT kauft, bekommt echte Schuhe dazu. Wer möchte, kann seinem **Avatar** dann irgendwann auch digitale Sneakers anziehen."

Levins Blick ging nun zu Alva, die den Vortrag fortsetzte:

„Außerdem gibt es noch das Metaverse. Auch dort kommen NFTs zum Einsatz. Aber darüber werden wir sicher nächste Woche mehr hören. Sonst noch Fragen, ansonsten sind wir jetzt fertig mit unserem Vortrag."

Die Sonne blinzelte durchs Fenster. Alva, Levin und Luca schauten ins Publikum und hofften darauf, dass sie bald in die Pause gehen könnten.

Dann meldete sich Mo: „Eins verstehe ich aber nicht. Ihr habt gesagt, dass die NFTs teilweise so wertvoll sind. Warum ist das so? Sind das, vor allem bei den Affen, von denen ihr gesprochen habt, nicht einfach nur Bilder im Internet, die sowieso jeder kopieren kann?"

Alva und Levin schauten ratlos und stammelten vor sich hin, bis Alva zugab: „So ganz verstanden haben wir das auch nicht." Sie schaute zu Herrn Mener rüber.

Dieser hielt kurz inne und versuchte dann zu erklären:

„Kann ich gut nachvollziehen. Auch mir war das schon oft ein Rätsel, warum Menschen so viel Geld für manche Dinge ausgeben, vor allem wenn es scheint, dass sie so wenig Nutzen haben. Aber das ist für jeden Menschen unterschiedlich. Man spricht hier auch von einer subjektiven Wahrnehmung. Wir haben das vorhin schon bemerkt, als es um die Pokémon-Karten ging. Hannah meinte, dass sie für sie wertlos sind, andere von euch waren damit nicht einverstanden. Und doch gibt es auch Menschen, die für bestimmte

Karten viel Geld zahlen, vor allem, wenn sie selten sind."

Louis meldete sich: „Kürzlich wurde eine Glurak Karte, also eine Pokémon Karte mit einem Drachen drauf, für über 200.000 Dollar an einen Sammler verkauft."

„Stimmt", bestätigte Herr Mener, „Genauso gibt es auch Menschen, die für bestimmte alte Münzen oder sogar Briefmarken ein Vermögen ausgeben. Oder für Kunstwerke! Es gibt Menschen, denen ein Gemälde mehr Geld wert ist, als ich als Lehrer verdienen würde, wenn ich 500 Jahre arbeiten würde. Und wenn ich mir so ein Gemälde anschaue, finde ich es vielleicht schön, aber mir reicht es, es anzuschauen. Ich muss es nicht besitzen und so ähnlich ist das bei NFTs. Das gibt Menschen das Gefühl, etwas Besonderes zu sein oder es zumindest zu besitzen. NFTs sind also auch Statussymbole.

Es gibt aber auch Leute, für die sind teure Autos, Kleidung oder auch Uhren ein Statussymbol. Damit können sie zeigen, dass sie viel Geld haben. Mit NFTs wurden die Möglichkeiten von Statussymbolen vielleicht auf die Spitze getrieben und digitalisiert. Wer Mitglied vom Bored Ape Yacht Club ist, kann sich als etwas Besonderes fühlen und sich mit anderen Leuten unterhalten, denen es genauso geht.

Es kommt immer darauf an, was man mit seinem Geld machen möchte und was man vom Leben will. Ich würde euch empfehlen immer auch an die Menschen zu denken, die weniger Glück haben und in Ländern geboren werden, in denen es einfach nicht so viel Reichtum gibt. Es gibt auch Menschen, die froh sind, wenn sie einfach nur ein Dach über dem Kopf und Schuhe an den Füßen haben. Mit NFTs ist denen nicht geholfen. Aber das ist nur meine Meinung, wie gesagt: Man muss das selbst für sich entscheiden. Menschen sind so verschieden wie ihre Wertvorstellungen", schloss Herr Mener seinen Vortrag. Dann klingelte es.

Non Fungible Token (NFT) Digitale Sammlerstücke in Token-Form. Sie bilden zum Beispiel Anteile an berühmten Kunstwerken ab. Durch den Einsatz der Blockchain-Technologie kann man die Einzigartigkeit der Token zu jeder Zeit feststellen.

Krypto-Wallet Wallets sind digitale Brieftaschen, auf denen man seine Kryptowährungen aufbewahren kann.

Token Ein Token ist eine Einheit. Besitzer eines Tokens bekommen durch den Besitz bestimmte Rechte. Dieses Recht ist klassischerweise eine Zahlung. Ein Token Sale bezeichnet die Herausgabe neuer Token.

Fungibilität beschreibt die Eigenschaft von Geldeinheiten, untereinander austauschbar zu sein. Fungibel (engl. fungible) kommt aus dem lateinischen und meint austauschbar. Beispielsweise sind Münzen mit gleichem Wert untereinander problemlos austauschbar. Das gleiche gilt auch für Wertpapiere, die es in großer Menge gibt und die somit gut gehandelt werden können, zum Beispiel an einer Börse.

Private Key Der private Schlüssel ist eine Art Passwort, mit dem man immer Zugriff auf seine Kryptowährungen hat – ganz egal von welchem Ort.

Avatar ist eine Kunstfigur in der virtuellen Welt, die als Stellvertreter der Menschen zum Einsatz kommt. Man verwendet Avatare in sozialen Netzwerken, in Computerspielen oder auch im Metaverse. Meist kann man sich aus vielen Einzelteilen seinen persönlichen Avatar zusammenstellen.

META, META, META!

Heute hatten Isabelle, Elias und Mattheo das Wort. Während Elias die Notizen in seiner Hand überflog, stellte Isabelle wortlos einen großen Karton auf den Tisch.

„Was ist da drin?", fragte Paul direkt.

„Abwarten", antwortete Isabelle.

„Ich will mit einer Frage starten", lenkte Elias vom Karton ab, „ihr habt sicher alle schon vom **Metaverse** gehört. Wisst ihr, was es genau ist oder wie es entstanden ist?"

Maja meldete sich. Als Elias sie aufrief, sagte sie: „Hat das nicht irgendwas mit Facebook zu tun? Haben die sich nicht in **Meta** umbenannt?"

„Mehr oder weniger", bestätigte Elias, „die Mutterfirma von Facebook hat sich umbenannt, zu der auch Instagram und Whatsapp gehören. Das soziale Netzwerk Facebook gibt es aber noch unter dem Namen. Das Metaverse ist daher mehr als nur „Meta" vom Facebook-Konzern. Am besten schauen wir uns erst einmal das Wort an. Metaverse oder auch Metaversum ist aus zwei verschiedenen Begriffen zusammengesetzt. Das erste ist Meta. Das Wort kommt aus dem Griechischen und bedeutet so viel wie dahinter oder drüber. Verse oder Versum kommt vom Wort Universum und das kennt ihr ja alle. Das Metaverse ist also eine Art Zwischenwelt. Das hat sich nicht etwa Mark Zuckerberg ausgedacht, sondern der Schriftsteller Neal Stephenson. In seinem Roman Snow Crash aus dem Jahr 1992 hat er eine dystopische Zukunft beschrieben. Weiß jemand was das ist?"

„Eine düstere Zukunft?", rief Oskar dazwischen.

„Stimmt. Eine **Dystopie** ist eine Vision von der Zukunft, die eher abschreckend gedacht ist. Also das Gegenteil einer Utopie. Schöne neue Welt von Aldous Huxley oder 1984 von George Orwell gehören auch zu solchen Büchern", führte Elias aus. „Jedenfalls beschreibt Stephenson in seinem Buch eine Zukunft, in der Pizzaboten gekillt werden, wenn sie ihre Pizza nicht in 30 Minuten ausliefern. Auch ansonsten ist dort alles sehr unschön. Deswegen flüchten sich viele Menschen ins Metaverse, einer Art digitaler Ergänzung zur analogen Welt. Dort kann man leben, kämpfen, spielen, auf Dates gehen und alles Mögliche."

„Und sowas will Mark Zuckerberg auch bauen?", fragte Oskar, der von dem Thema sichtlich fasziniert war.

„Sowas in der Art", bestätigte Elias, „natürlich beschreibt er das alles ein bisschen schöner, als es Stephenson in seinem Buch gemacht hat. Zuckerberg will eigentlich ein digitales Universum bauen, in das wir nach und nach unser ganzes Leben verlagern. Zum Beispiel kann man dort Meetings abhalten, spielen und sich mit seinem Avatar mit anderen Menschen treffen. Meta hat deswegen auch im Jahr 2021 10 Milliarden Euro investiert, um sein Metaverse zu bauen. Es gibt auch einen Film Ready Player One, den Mark Zuckerberg manchmal zitiert. Vielleicht habt ihr Lust ihn mal anzuschauen, ist ganz interessant."

Isabelle, die während Elias' Vortrag ihren Laptop ans Whiteboard angeschlossen hatte, fuhr nun fort.

„Das Metaverse ist also wie gesagt nicht Zuckerbergs Erfindung. Der hat das eigentlich nur bei ein paar anderen Entwicklern gesehen und gedacht, dass das die Zukunft werden könnte. Dann hat er eine Menge Geld in die Entwicklung seines Projekts gesteckt und hofft jetzt darauf, dass er den Markt dominieren kann. Aber lasst uns doch mal gemeinsam schauen, was es noch so gibt."

Zlatan meldete sich: „Kurze Zwischenfrage. Versteh ich das richtig, dass theoretisch jeder einen Ort im Metaverse schaffen kann und dazu gar nicht zu Meta gehen muss, auch wenn die sich jetzt so nennen?"

„Theoretisch ist das richtig", bestätigte Isabelle, „man braucht natürlich das nötige Startkapital. Es gibt auch einige Firmen wie Microsoft oder das chinesische Unternehmen Tencent, die an eigenen Metaverse-Projekten arbeiten."

Isabelle hatte während ihrer Antwort den Laptop angeschaltet und www.decentraland.org in das Browserfenster getippt. Sie loggte sich mit ihrem Avatar ein und sprang ins Metaverse.

„Sieht ein bisschen aus wie Minecraft", kommentierte Oskar.

„Ja, an der Grafik hapert es noch etwas", sagte Isabelle. Und fügte mit einem ironischen Unterton hinzu: „Aber was will man auch erwarten. Die Leute, die hinter Decentraland stecken, haben ja erst im Jahr 2017 24 Millionen US-Dollar eingesammelt bei ihrem Initial Coin Offering. Da dauert die Entwicklung eben seine Zeit. Vor allem, wenn kein großer Konzern dahintersteckt"

Während Isabelle im Hintergrund das Decentraland erforschte, tischte Mattheo der Klasse noch einige Fakten auf.

„Zuckerberg ist nicht der Einzige, der glaubt, dass das Metaverse Zukunft hat. So hat sich zum Beispiel der Rapper Snoop Dogg ein digitales Anwesen in einer anderen Metaverse-Plattform, die The Sandbox heißt, gekauft. Jemand anderes hat dann 450.000 US-Dollar gezahlt, um dort ein digitales Stück Land neben dem Rapper zu bekommen. Justin Bieber ist auch schon am Start, der hat dort im Jahr 2021 zum Beispiel ein Konzert gegeben. Man konnte sich Tickets kaufen und dann dabei zusehen, wie Justin Biebers Avatar singt. In echt hat Bieber in einem Studio gesungen. Das wurde dann live übertragen, ziemlich verrückt alles."

Nun meldete sich Zlatan nochmal zu Wort: „Ist das nicht genauso wie ein Computerspiel, nur dass die Leute viel Geld reinstecken? Oder wo ist da der Unterschied?"

„Das haben wir uns auch gefragt", nun war es Isabelle, die antwortete. Ihr Avatar hing gerade in einem Aufzug fest.

„Tatsächlich ist die Idee hinter dem Metaverse, dass es die analoge und die virtuelle Welt verbindet. Also zum Beispiel durch Virtual-Reality-Brillen. Der Unterschied zu einem Online-Rollenspiel ist aber, dass man seine Avatare und die Gegenstände, die man sammelt, von der einen virtuellen Welt in die nächste weitertragen kann. Also kann ich zum Beispiel meine digitale Avatar-Mütze sowohl in Decentraland, als auch in The Sandbox und in der virtuellen Welt von Zuckerberg anziehen. Das ist aber alles Zukunftsmusik, bis jetzt geht das noch nicht. Das kann sich auch alles wieder ändern". In der Zwischenzeit steckte Isabelles Avatar nicht mehr fest und konnte sich wieder bewegen. Mattheo übernahm nun wieder.

„Bei den Items für die Avatare kommt auch wieder die Blockchain ins Spiel. Denn alles, was man in The Sandbox oder Decentraland kaufen kann, sind technisch gesehen NFTs. So kann man auf der Blockchain festhalten, dass einem ein bestimmtes Item, zum Beispiel eine Mütze oder auch ein Schwert gehört. Das kann man dann überall hin mitnehmen. Alle virtuellen Welten zusammen sollen dann das Metaverse darstellen. Aber wie gesagt. Das ist alles noch nicht umgesetzt."

„Hört sich krass an. Und warum stecken die Leute da so viel Geld rein?", fragte nun Laura.

Mattheo ging nun auf die wirtschaftlichen Dimensionen des Metaverses ein:

„Das Metaverse ist vor allem auch für Unternehmen interessant. Marktbeobachter von Goldman Sachs schätzen das Potential auf einen Wert von 8 Billionen US-Dollar. Das sind 8.000 Milliarden. Mehr als zehnmal so viel wie der gesamte Gaming-Sektor. Aber bei solchen Einschätzungen von „Experten" muss man immer ein bisschen aufpassen, schließlich haben die auch ein eigenes Interesse daran, dass das Metaverse boomt. Denn auch Banken wie Goldman Sachs haben sich bereits im Metaverse breit gemacht, ebenso Unternehmen aus der Fashion-Branche. Denn Unternehmen können im Metaverse digitale Filialen eröffnen und da ihre Waren digital verkaufen. Das hoffen sie zumindest und dadurch wird auch die Verbindung zwischen der realen und der virtuellen Welt möglich. Die Idee ist dann auch, dass du mit deinem Avatar zum Metaverse-McDonalds gehst und dir dort einen Burger bestellst. Nachher klingelt es dann an deiner echten Tür und du bekommst ihn geliefert."

„Ist das dann ein Bit-Burger?", rief Alva dazwischen.

„Tatsächlich würdest du ihn dann sowohl als Bit-Burger, aber eben auch als echten Burger bekommen. Dann kann ihn dein Avatar essen, während du das gleichzeitig in der Realität machst. Auch Nike und Adidas haben den NFT-Markt schon für sich entdeckt. Sie verkaufen Sneakers-NFTs. Wenn du dir so einen NFT holst, bekommst du nicht nur die digitale Version, sondern kannst dir auch echte Schuhe dafür holen."

Mattheo schaute kurz zu Elias und Isabelle rüber, er war mit seinem Teil fertig. Nun schloss Isabelle den Vortrag ab: „Wenn es keine Fragen mehr gibt, sind wir auch erst einmal durch."

Herr Mener räusperte sich: „Könntet ihr nochmal kurz zusammenfassen, was das Metaverse ist? Ich glaube, das waren jetzt eine Menge Informationen für alle."

„Klar," übernahm Isabelle das Wort, „das Metaverse ist sozusagen eine Fortsetzung des Internets. Es findet sowohl digital als auch analog statt und baut damit eine Brücke zwischen beiden Welten. Im Gegensatz zum Online-Gaming soll es hier auch Filialen von Banken, Restaurants, Schuhgeschäften und im Prinzip von allem geben, wo man was kaufen kann. Im Metaverse gibt es viele verschiedene digitale Orte wie etwa Decentraland oder auch das Projekt von Meta, ehemals Facebook. Die Idee ist aber, dass man seine digitalen Gegenstände, ganz gleich, ob das jetzt Sneakers oder Gegenstände für den Avatar sind, zwischen den einzelnen Welten transportieren kann. Sonst noch Fragen?"

„Ja ich", meldete sich Paul. „Was ist denn in der Kiste?"

Das war das Stichwort für Isabelle. Sie öffnete den Karton und holte drei VR-Brillen raus. „Das was sonst noch typisch ist für das Metaverse Erlebnis: meine Mutter arbeitet als Entwicklerin und hat sie sich von ihrer Arbeit ausleihen können für uns," kommentierte sie, „wir haben mit Herr Mener ausgemacht, dass wir noch eine halbe Stunde von der nächsten Unterrichtsstunde bekommen zum Ausprobieren. Wer will?"

Dann tauchten sie gemeinsam ins Metaverse ein.

LETZTES MAL - ALLES AUF EINEN BLICK

Metaverse Der Begriff Metaverse geht auf den Science-Fiction-Roman „Snow Crash" von Neal Stephenson zurück. Dabei handelt es sich um eine Verbindung zwischen analoger und virtueller Welt.

Meta Der Mutterkonzern von Facebook hat sich 2021 in Meta umbenannt, zu der neben der gleichnamigen Social Media Plattform auch Instagram und Whatsapp gehören. Mit der Namensänderung soll der erweiterten Ausrichtung und der Entwicklung eines Metaverse Rechnung getragen werden.

Dystopie Gegenteil von Utopie (auch Anti-Utopie), beschreibt eine negative Vorstellung der Zukunft, die zum Beispiel eine Einschränkung der persönlichen Freiheit, Einführung einer Diktatur oder Krieg enthält.

YOUTUBE UND MEHR

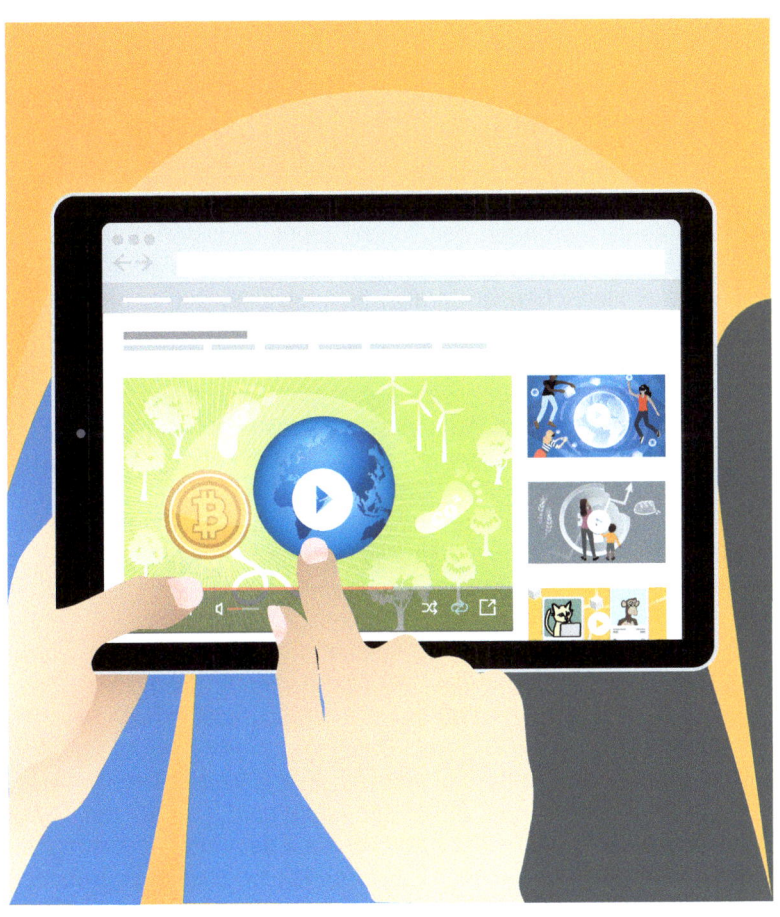

Nachdem die Stunde beendet war, wartete Oskar vor dem Klassenzimmer auf Ella. Da kam sie auch schon. Oskar dachte nicht mehr lange nach und fragte:

„Hey Ella... Ich habe mich gefragt, ob... also, ich hatte mir überlegt, auf meinem YouTube-Channel ein paar Beiträge über Geld zu bringen. Ich bräuchte noch ein bisschen Hilfe. Hast du zufällig Lust? Wir könnten uns heute nach der Schule bei mir treffen. Und dann schauen wir, ob wir etwas hinbekommen?"

Es verstrichen einige Sekunden, die sich für Oskar sehr lange anfühlten.

Dann antwortete Ella schnell: „Du, ich hab' heute Nachmittag schon was vor. Ein anderes Mal vielleicht? Ich muss los, sorry." Und weg war sie.

Oskar machte sich nach der Schule schnell mit dem Fahrrad auf den Heimweg. Das war ja super gelaufen. Zuhause angekommen zockte er ein bisschen, hörte aber gleich wieder auf, er hatte keine Lust zu spielen. Um auf andere Gedanken zu kommen, setzte er sich dann an seinen Schreibtisch, zog die Kopfhörer auf und begann das Skript für sein erstes Video zum Thema Geld zu schreiben. Er wollte im ersten Video einen Überblick geben und in weiteren Folgen dann detaillierter auf die einzelnen Themen eingehen.

Hi und herzlich Willkommen bei meinem YouTube-Kanal. Ich will euch heute ein paar Dinge über Geld von gestern, heute und morgen erzählen. Da hat sich nämlich einiges verändert.

Bevor es Geld gab, haben die Menschen die Waren einfach untereinander getauscht. Doch das gab irgendwann Probleme, vor allem, weil das Angebot nicht immer zur Nachfrage passte. Dann hat man später Muscheln und Perlen als Geld genommen. Mit der Zeit entstanden Münzen aus Kupfer oder Gold. In China haben die Menschen später angefangen, zusätzlich Papiergeld zu benutzen. Dabei hat man immer einen bestimmten Wert auf das Papier geschrieben, da kam dann das Vertrauen ins Spiel, sprich die Menschen mussten darauf vertrauen, dass sie wirklich etwas für ihr Geld bekamen.

Gegen Ende des 19. Jahrhunderts wurde dieses Vertrauen dann in Gold aufgewogen, man führte den sogenannten Goldstandard ein. Alle Menschen, die Geld verwendeten, konnten sich darauf verlassen, dass sie für ihr Geld eine bestimmte Menge an Gold bekommen würden. Doch dieser Goldstandard wurde bald schon wieder aufgelöst, nämlich als der erste Weltkrieg im Jahr 1914 begann. Im Jahr 1944 versuchten einige Länder mit dem Bretton-Woods-System noch einmal etwas ähnliches. Sie einigten sich darauf, dass der US-Dollar die Leitwährung werden würde und legten feste Wechselkurse fest. Die US-Notenbank verpflichtete sich dazu, dass man bei ihr jederzeit 35 US-Dollar in eine Feinunze Gold tauschen konnte. Doch auch das Bretton-Woods-System scheiterte. Ab dem Jahr 1973 gab es dann keine festgelegten Wechselkurse mehr.

Danach kam es immer wieder zu starken Geldentwertungen und Inflationen, die Preise stiegen rasch an und die Banken druckten immer neues Geld. Im Jahr 2009 wurden als Gegenentwurf zu diesem System die ersten Bitcoins herausgegeben. Das Konzept geht auf den anonymen Erfinder Satoshi Nakamoto zurück. Anstatt auf Zentralbanken und Staaten setzt er auf die Blockchain-Technologie, die Vertrauen durch das Proof of Work-Verfahren herstellt. Inflation wollte er durch die strikte Beschränkung der Bitcoins auf insgesamt 21 Millionen verhindern. Das System ist auf viele verschiedene Computer auf der ganzen Welt verteilt, es ist also ein dezentrales System. Es ist theoretisch für alle Menschen auf der Welt offen und ermöglicht finanzielle Inklusion. Es steht aber auch wegen des hohen Stromverbrauches in der Kritik.

Ein paar Jahre später entwickelte der damals 19-jährige Vitalik Buterin Ethereum, eine programmierbare Blockchain. Auch hierbei handelt es sich um ein dezentrales System, allerdings gibt es darüber hinaus noch die Smart Contracts, also intelligente Verträge. Die kann man so programmieren, dass sie bestimmte Befehle automatisch ausführen. So kann man zum Beispiel Crowdfunding betreiben, ohne dass man einen Mittelsmann benötigt. Dieses Prinzip haben später viele andere Menschen angewendet, um neue Kryptowährungen zu entwerfen. Heute gibt es über 18.000 Kryptowährungen, von denen natürlich nicht alle so nützlich sind wie Bitcoin und Ethereum. *Zwei wichtige Anwendungsbereiche für Smart Contracts sind DeFi - Dezentrale Finanzanwendungen mit denen Finanzgeschäfte ohne Banken abgewickelt werden können und der gesamte Gaming Bereich.*

Seit kurzer Zeit gibt es noch die Non Fungible Token, kurz: NFTs. Das sind digitale Sammlerstücke, ähnlich wie Pokémon-Karten. Sie haben verschiedene Seltenheitsgrade und deshalb Sammlerwert. Einige Leute sind bereit, dafür eine große Menge Geld zu zahlen. Doch auch in anderen Bereichen kommen NFTs zum Einsatz – zum Beispiel in der Kunst oder in der Musik. Durch NFTs können auch Künstler und Künstlerinnen bekannt werden, die im normalen Kunstmarkt vielleicht weniger Chancen haben. Denn über das Internet haben sie praktischerweise eine viel größere Reichweite!

NFTs kommen auch im Metaverse zum Einsatz. Das ist die Fortsetzung des Internets. Es soll eine Art Zwischenwelt darstellen, die die digitale mit der analogen Welt verbindet. Hier gibt es Unternehmen, die Dinge, Nahrung oder auch Kleidung verkaufen. Wenn man zum Beispiel im Metaverse einen Sneaker kauft, kann man den nicht nur seinem Avatar anziehen, sondern kann ihn sich auch in der realen Welt holen. Es gibt im Metaverse viele verschiedene Welten, wie etwa das Metaverse des ehemaligen Facebook-Konzerns, der sich jetzt Meta nennt, aber auch dezentrale Projekte wie The Sandbox oder Decentraland. In der Zukunft sollen alle miteinander verbunden sein. Das alles nennt man dann Metaverse. Wenn man allerdings genauer hinschaut ...

Mitten im Satz brach Oskar ab und setzte die Kopfhörer ab. Er meinte, etwas gehört zu haben. Dann nochmal: Es klingelte an der Haustür! Oskar rannte die Treppen hinunter und öffnete etwas außer Atem die Tür. Vor der stand Ella und lächelte verlegen.

„Hey Oskar. Sorry, ... Ich weiß gar nicht, was da vorher los war. Eigentlich würde ich gerne mit dir was für deinen YouTube Kanal machen. Kann ich reinkommen?"

SATOSHI NAKAMOTOS WHITE PAPER

Am Nachmittag des Vortrages zum Thema Bitcoin und dem Interview mit Satomi Nakamoto fanden die Schülerinnen und Schüler der 10b wie angekündigt noch folgende E-Mail in ihrer Inbox vor:

An: *Klasse 10b*

Betreff: *White Paper „Bitcoin: A Peer-to-Peer Electronic Cash System"*

Hallo Alle,

im Anhang findet ihr wie besprochen noch das White Paper von Satoshi Nakamoto zum Thema Bitcoin vereinfacht zusammengefasst.

Viele Grüße

Marie, Zlatan und Lina (aka Satomi Nakamoto)

Das White Paper **„Bitcoin: A Peer-to-Peer Electronic Cash System"** enthält alles, was man technologisch zu Bitcoin wissen muss. Es ist die Anleitung für ein weltweit funktionierendes Geldsystem. Schauen wir uns das Wichtigste aus diesem Papier gemeinsam an, um zu verstehen, um was es bei Bitcoin wirklich geht.

Bitcoin: A Peer-to-Peer Electronic Cash System

Schon die Überschrift hat es in sich. Ein „Bit" ist eine elektronische Maßeinheit. „Coin" ist die Münze. Und da haben wir sie schon: Bitcoin, die elektronische Münze.

Ein Bitcoin ist also eine elektronische Münze.

Ein „Peer-to-Peer"-Netzwerk ist ein Netzwerk, indem die einzelnen

Teilnehmer direkt miteinander in Kontakt treten. Sie benötigen niemanden, der zwischen ihnen vermittelt – wir bezeichnen es deshalb auch als dezentral.

Bleibt noch eins. Das „Electronic Cash System" lässt sich mit „elektronisches Geldsystem" übersetzen. Geld also, das elektronisch funktioniert, anders als unser Papiergeld. Wenn wir diese drei Bausteine zusammensetzen, haben wir auch schon erfasst, um was es bei Bitcoin geht: Bitcoin ist ein elektronisches Geldsystem, das auf einem Peer-to-Peer-Netzwerk aufbaut.

Weiter im Text.

„Eine reine Peer-to-Peer-Version eines elektronischen Zahlungsverfahrens würde es ermöglichen, dass Online-Zahlungen von einer Partei direkt an eine andere gesendet werden, ohne über ein Finanzinstitut zu gehen."

Wir wissen es schon: Bitcoin kommt ohne Vermittler aus. Das heißt, dass das digitale Geld keine Bank benötigt, die sich zwischen die Menschen stellt. Jeder Mensch auf der Welt („Partei") kann zu jeder Zeit Geld an eine andere Person irgendwo auf der Welt senden.

„Digitale Signaturen bilden einen Teil der Lösung, aber die Hauptvorteile gehen verloren, wenn weiterhin eine vertrauenswürdige dritte Partei notwendig ist, um Double Spending (Mehrfachausgaben) zu verhindern. Wir schlagen eine Lösung für das Double-Spending-Problem vor, indem wir ein Peer-to-Peer-Netzwerk benutzen."

Zugegeben: Der Absatz hat es in sich. Lasst uns versuchen, ihn zu entschlüsseln: Das Problem, das sich bei elektronischen Zahlungen ohne Mittelsmann auftut, nennt sich das „Double-Spending-Problem". Denn keiner kann kontrollieren, dass die einzelnen Teilnehmer ihr Geld nicht doppelt ausgeben. Bis jetzt. Doch Bitcoin regelt das – innerhalb des Netzwerkes.

Im nächsten Abschnitt erfahren wir auch schon, wie dieses Problem verhindert wird.

„Das Netzwerk gibt Transaktionen einen Zeitstempel, indem es sie in eine fortlaufende Kette von Hash-basierten Arbeitsbeweisen (Proof of Work) hasht und so eine Aufzeichnung erzeugt, die nicht geändert werden kann, ohne den Proof of Work neu zu erzeugen."

Man darf es euch nicht verdenken, wenn ihr spätestens jetzt sagt: „Hä?" Doch auch diese Nuss können wir knacken. Lasst uns aber vorher noch einen Schritt zurückgehen und zusammenfassen, was wir bereits wissen. Wir haben ein elektronisches Netzwerk mit digitalen Münzen, die sich Bitcoins nennen. Dieses Netzwerk will es schaffen, ohne eine Bank auszukommen. Doch nun steht es vor einem Problem: Wer überprüft nun, ob die Menschen ihr Geld nicht einfach doppelt und dreifach ausgeben?

Die Antwort lautet: Das Netzwerk selbst. Genauer gesagt: Die Technologie. Noch genauer gesagt: Die Blockchain-Technologie.

Und das funktioniert so:

Um sicherzustellen, dass alles seine Richtigkeit hat, heftet das Netzwerk an jede Überweisung („Transaktion") die aktuelle Uhrzeit („Zeitstempel") und hängt sie aneinander, so wie bei einer Perlenkette. Dazu muss sie jedoch einen Beweis bringen – den so genannten „Proof of Work". Wenn nun genug Überweisungen zusammenkommen, werden diese in einen Block gepackt und an die Kette gehängt. Wenn ein Block einmal an der Kette hängt, kann man ihn nicht mehr ablösen.

Das Geniale dabei: Je länger die Kette wird, umso sicherer wird sie. Denn jeder neue Block enthält Informationen über die gesamte Geschichte aller Transaktionen. Soweit, so gut: Wir haben eine Kette, die immer länger wird und alle wichtigen Informationen hält. Diese Kette nennen wir Blockchain. Und sie ist sicher, weil sie einen Arbeitsnachweis erbringt. Den nennen wir „Proof of Work". Wie sie das macht, erfahren wir im nächsten Satz:

„Die längste Kette dient nicht nur als Nachweis für die Sequenz bezeugter Ereignisse, sondern auch als Beweis, dass sie vom größten Pool an CPU-Leistung stammt."

Das bedeutet: Es gibt bei der Bitcoin-Blockchain immer nur eine gültige Version. Das ist die Kette mit der größten Länge. Das schützt die Technologie auch vor Angreifern. Böswillige Angreifer müssten über 50 Prozent der Rechenstärke des gesamten Netzwerkes für sich beanspruchen, um die „Kette knacken" zu können.

Auf Satoshi-Deutsch hört sich das so an:

„Solange der Großteil der CPU-Leistung von Nodes kontrolliert wird, die nicht kooperieren, um das Netzwerk anzugreifen, werden diese die längste Kette generieren und schneller sein als die Angreifer. Das Netzwerk selbst erfordert nur eine Minimalstruktur. Nachrichten werden auf Best-Effort-Basis übertragen und die Nodes können das Netzwerk beliebig verlassen und wieder betreten, da sie die längste Proof of Work-Kette als Beweis darüber akzeptieren, was geschah, während sie weg waren."

Nun kommen wir also zu den Nodes, auf Deutsch kann man sie auch als „Netzwerkknoten" bezeichnen. Sie sorgen dafür, dass das Netzwerk stabil und sicher bleibt. Noch so etwas Geniales an der Blockchain: Die Nodes sind nicht festgeschrieben, jeder Mensch, der mittels Computer die nötige Energie aufbringt, kann auch als Node auftreten. Man kann sich die Blockchain in diesem Sinne wie eine Bahnstrecke mit sehr vielen Bahnhöfen vorstellen - jeder kann einsteigen und ein Stück weit mitfahren. Wann man wieder aussteigt, liegt in der eigenen Entscheidung.

Denn die Blockchain bietet beliebige Anknüpfungspunkte, an der die Nodes andocken können. Dann müssen sie nur genug arbeiten und werden Teil des Netzwerks. Doch dazu müssen sie auch beweisen, dass sie arbeiten. Dieser Beweis heißt „Proof of Work". Dabei lösen sie Rechenaufgaben, die so kompliziert sind, dass das Bitcoin-System bombensicher ist. So entsteht die Sicherheit im Netzwerk, wir brauchen keine Bank, keinen Staat und keine Behörde, die uns sagt, das alles passt:

„Was benötigt wird, ist ein elektronisches Zahlungssystem, das auf einem kryptografischen Beweis statt auf Vertrauen basiert, wodurch zwei bereitwillige Parteien direkt miteinander arbeiten können, ohne,

dass eine vertrauenswürdige dritte Partei benötigt wird."

Nur so wird es möglich, dass ein Geldsystem existieren kann, das komplett ohne eine Bank oder einen Staat auskommt. Das einzige, auf das die Menschen vertrauen müssen, ist die Technologie.

GLOSSAR

Altcoin Das Wort Altcoin setzt sich aus den englischen Begriffen „alternative" und „Coin" zusammen und bezeichnet alle Kryptowährungen außer Bitcoin. Beispiele sind Kryptowährungen wie Ether (ETH), Ripple (XRP) und Solana (SOL).

Angebot und Nachfrage Das Angebot ist die Menge an Gütern, Waren und Dienstleistungen auf einem Markt, die man kaufen oder tauschen kann. Die Nachfrage ist die Absicht von Menschen und Unternehmen, diese Waren zu kaufen.

Avatar Ein Avatar ist eine Kunstfigur in der virtuellen Welt, die als Stellvertreter der Menschen zum Einsatz kommt. Man verwendet Avatare in sozialen Netzwerken, in Computerspielen oder auch im Metaverse. Meist kann man sich aus vielen Einzelteilen seinen persönlichen Avatar zusammenstellen.

Axie Infinity Blockchain-basiertes Onlinegame, bei dem man Monster (Axies) gegeneinander kämpfen lässt und dabei Geld in Form von Kryptowährungen verdienen kann.

Bitcoin (BTC) ist die bekannteste und älteste Kryptowährung. Sie wurde von Satoshi Nakamoto entwickelt.

Block Ein Block ist ein Teil einer Blockchain. Jeder Block enthält wichtige Informationen über Transaktionen im Netzwerk.

Blockchain auf Deutsch: „Blockkette" ist eine dezentrale Datenbank. Hierbei werden die Daten und Transaktionen in einzelnen digitalen Blöcken auf verschiedenen Rechnern gespeichert. Blockchains sind durch ihre Rolle, die sie als Grundlage von Kryptowährungen wie Bitcoin spielen, bekannt geworden.

Bretton Woods Das Bretton-Woods-System ist eine internationale Währungsordnung, die von 1944 bis 1973 bestand. Dabei haben sich 44 Länder darauf geeinigt, den US-Dollar als internationale Leitwährung einzusetzen. Alle Teilnehmerländer hatten feste Wechselkurse zum US-Dollar, um Stabilität sicherzustellen. Die

USA hatte versprochen, dass man zu jeder Zeit 35 US-Dollar gegen eine Feinunze Gold tauschen konnte. So wurde Gold als Geldanker festgelegt und ein einheitlicher „Goldstandard" geschaffen.

Coins Auf Deutsch „Münzen" sind Kryptowährungen mit eigener Plattform und unabhängiger Blockchain. Beispiele dafür sind Bitcoin oder Ether. Man kann sie ähnlich wie herkömmliches Geld auch als Zahlungsmittel verwenden.

Debitkarte Eine Debitkarte kann man wie eine Kreditkarte verwenden. Bei dieser Art von Karten wird das Konto der Kunden allerdings gleich belastet, also der Betrag vom Konto abgezogen. Dies kann nur geschehen, wenn genügend Geld auf dem Konto ist (man spricht hier von ausreichender Kontodeckung).

Dezentralisierung beschreibt das Grundprinzip hinter Bitcoin. Statt einem zentralen Mittelpunkt wie etwa einer Bank besteht Bitcoin aus einem Netz aus Rechnern, die auf der ganzen Welt verteilt sind. Das System ist dezentral.

Decentralized Finance (DeFi) Die dezentralisierte Finanzwirtschaft beschreibt alle dezentralen Anwendungen, die sich rund um Bitcoin, Ether & Co. im Bereich der Finanzen gebildet haben.

Distributed-Ledger-Technologie (DLT) Distributed-Ledger-Technologien sind dezentrale Systeme, zu denen auch die Bitcoin-Blockchain gehört. Ledger ist das englische Wort für digitales Kassenbuch, welches sich in diesem Fall nicht an einer, sondern an vielen Stellen befindet.

Double-Spending-Problem Das Double-Spending-Problem beschreibt die Möglichkeit, digitale Währungen zweifach auszugeben, um sich dadurch zu bereichern.

Dystopie Gegenteil von Utopie (auch Anti-Utopie), beschreibt eine negative Vorstellung der Zukunft, die zum Beispiel eine Einschränkung der persönlichen Freiheit, Einführung einer Diktatur oder Krieg enthält.

EA Sports Electronic Arts, kurz EA, ist ein Computerhersteller, der unter anderem für die Fußballspielreihe „Fifa" bekannt ist.

Ethereum ist das zweitgrößte Blockchain-Projekt im Krypto-Space. Es fokussiert sich auf „Smart Contracts", also programmierbare Verträge. Die zugehörige Kryptowährung heißt Ether (ETH).

Europäische Zentralbank (EZB) bestimmt, wie viel Geld in der europäischen Union (EU) in Umlauf kommt. Die Zentralbanken (in Deutschland ist das die Deutsche Bundesbank) haben die Aufgabe, es in den jeweiligen Ländern zu verteilen. Privat- und Geschäftsbanken sorgen über Kreditvergabe dafür, dass das Geld zu den Menschen kommt.

Fiat(geld) Von lat. fiat: „es werde". Bezeichnung für traditionelle Währungen wie US-Dollar, Euro oder Chinesischer Yuan.

Finanzielle Inklusion beschreibt das Vorhaben oder den Wunsch, alle Menschen am internationalen Finanzsystem teilhaben zu lassen.

Fungibilität meint die Eigenschaft von Geldeinheiten, untereinander austauschbar zu sein. Fungibel (engl. fungible) kommt aus dem lateinischen und meint austauschbar. Beispielsweise sind Münzen mit gleichem Wert untereinander problemlos austauschbar. Das gleiche gilt auch für Wertpapiere, die es in großer Menge gibt und die somit gut gehandelt werden können, zum Beispiel an einer Börse.

Geldumlauf oder auch Geldmenge beschreibt die Menge an Geld, die in einer Volkswirtschaft insgesamt vorhanden ist.

Goldstandard beschreibt ein Währungssystem, bei dem sichergestellt wird, dass man für eine bestimmte Menge Geld eine bestimmte Menge Gold bekommt. (Siehe auch „Bretton Woods").

Hyperinflation ist eine Form der Inflation, bei der die Preise besonders schnell ansteigen.

Inflation kommt vom lateinischen Wort inflatio („aufblähen"). Man spricht von Inflation, wenn die Preise stark steigen. Das kann unter anderem davonkommen, dass die Geldmenge, die im Umlauf ist, zu stark erhöht wird.

Initial Coin Offering Bei einem Initial Coin Offering (ICO) werden neue Coins herausgegeben. Oft werden ICOs ins Leben gerufen, um bestimmte Projekte zu finanzieren.

Intrinsischer Wert ist der innere Wert eines Gutes. Weder Bitcoin noch Geldscheine haben einen intrinsischen Wert, Gold dagegen schon.

Kredit kommt vom lat. Wort „credere" (glauben). Dabei handelt es sich um Geld, das vom Kreditgeber (zum Beispiel einer Bank) an einen Kreditnehmer (zum Beispiel eine Privatperson) ausgeliehen wird. Dabei wird ein Zeitpunkt festgelegt, bis zu dem es zurückgezahlt werden muss.

Kreditkarten geben Menschen die Möglichkeit, Dinge auf Kredit zu kaufen. Die jeweiligen Kreditkartenunternehmen (MasterCard, Visa, American Express) übernehmen die Bezahlung vorerst und schicken dann später die Rechnung.

Kreditwürdigkeit auch Bonität genannt. In Deutschland gibt es die Schufa, die einen Wert errechnet, der deine Kreditwürdigkeit beschreibt. Je höher der so genannte Schufa-Score ist, desto höher schätzen zum Beispiel Banken die Möglichkeit ein, dass du einen gewährten Kredit zurückzahlst.

Kryptographie Verschlüsselungstechnik. Ermöglicht es, Informationen im Verborgenen zu übertragen.

Kryptowährung Digitale Währung, die Kryptographie zur Grundlage hat.

Krypto-Wallets sind digitale Brieftaschen, auf denen man seine Kryptowährungen aufbewahren kann.

Leitzins Mit dem Leitzins steuert die EZB die Geldmenge. Es ist der Zinssatz, zu dem eine Notenbank Geld an die (Geschäfts-)Banken verleiht. Bei einem niedrigeren Zinssatz gibt die EZB mehr Geld an die Geschäftsbanken aus und die Geldmenge erhöht sich. Leitzinsen beeinflussen so indirekt das tägliche Leben, da sie sich auf Kosten für Kredite oder auch auf die Zinsen, die man für Spareinlagen bekommt, auswirken.

Lieferkette Eine Lieferkette ist ein Netzwerk, bei dem Güter vom Ausgangsort bis zum Zielort transportiert werden.

Masternodes (auf Deutsch etwa „Meisterknoten") sorgen dafür, dass das Bitcoin-Netzwerk funktioniert. Sie speichern die gesamte Geschichte der Blockchain ab.

Meta Der Mutterkonzern von Facebook hat sich 2021 in Meta umbenannt, zu der neben der gleichnamigen Social Media Plattform auch Instagram und Whatsapp gehören. Mit der Namensänderung soll der erweiterten Ausrichtung und der Entwicklung eines Metaverse Rechnung getragen werden.

Metaverse Der Begriff „Metaverse" geht auf den Science-Fiction-Roman „Snow Crash" von Neal Stephenson zurück. Dabei handelt es sich um eine Verbindung zwischen analoger und virtueller Welt.

Mining, Miner Mining ist der Prozess, bei dem neue Bitcoins entstehen. Grundsätzlich geht es darum, Transaktionen in der Blockchain als richtig zu bestätigen und damit die Sicherheit des Netzwerkes zu garantieren. Computer, die die dazugehörigen Rechenprozesse durchführen, heißen Miner. Die Belohnung, die Miner dafür bekommen, dass sie das Bitcoin-Netzwerk am Laufen halten, nennt man Block Reward. Sie besteht aus derzeit 6,25 BTC und den Transaktionsgebühren.

Non Fungible Token (NFT) Digitale Sammlerstücke in Token-Form. Sie bilden zum Beispiel Anteile an berühmten Kunstwerken ab. Durch den Einsatz der Blockchain-Technologie kann man die Einzigartigkeit der Token gewährleisten und zu jeder Zeit feststellen.

Peer-to-peer-Netzwerk In Peer-to-Peer-Netzwerken treten die Teilnehmer direkt miteinander in Kontakt. Sie benötigen dazu keine Mittelsmänner.

Point of Sale (POS) Auf Deutsch der „Verkaufsort". Am Point of Sale treffen Kunde und Verkäufer aufeinander. Das kann ein klassischer Verkaufsladen sein (zum Beispiel ein Supermarkt), aber auch ein Onlineshop. Werbung ist darauf ausgerichtet, Konsumenten zu diesem (realen oder virtuellen) Ort zu bringen, da hier das Geschäft abgeschlossen wird und der Konsument das Produkt erwirbt.

Pokémon Go ist ein Augmented Reality Spiel, bei der man per App durch die analoge Welt gehen kann, um Pokémon, kleine digitale Monster, einzufangen und sie gegeneinander kämpfen zu lassen.

Private Key Der „private Schlüssel" ist eine Art Passwort, mit dem man immer Zugriff auf seine Kryptowährungen hat – ganz egal von welchem Ort.

Proof of Work Konsensmechanismus im Bitcoin-Netzwerk. Sorgt für Einstimmigkeit, indem die einzelnen Parteien nachweisen (proof), dass sie Arbeit (work) geleistet haben. Siehe auch „Double-Spending-Problem".

Proof of Stake ist ein alternativer Konsensmechanismus zu Proof of Work. Beim Proof of Stake hinterlegen die Teilnehmer (so genannte Validators) Coins, um für die Richtigkeit der Transaktionen zu bürgen.

Satoshi Nakamoto ist der oder die unbekannte Erfinder(in) von Bitcoin. Bis heute weiß niemand, wer Satoshi wirklich ist.

Smart Contract „Intelligenter Vertrag", der automatisch ausgeführt wird, sobald bestimmte Ereignisse auftreten.

Token Ein Token ist eine Einheit. Besitzer eines Tokens bekommen durch den Besitz bestimmte Rechte. Dieses Recht ist klassischerweise eine Zahlung. Ein Token Sale bezeichnet die Herausgabe neuer Token.

Transaktion Eine Transaktion ist ähnlich wie eine Überweisung und bezeichnet das Versenden von Bitcoins oder anderen Kryptowährungen. Das Geld, das man dafür bezahlen muss, um eine Transaktion durchzuführen nennt man Transaktionsgebühr.

Vitalik Buterin Erfinder hinter dem Blockchain Netzwerk Ethereum und Ether, der zweitgrößten Kryptowährung nach Bitcoin.

Volatilität beschreibt die Kursschwankungen eines bestimmten Assets, zum Beispiel von Bitcoin oder Aktien.

Wallet Eine Art digitale Brieftasche für die Aufbewahrung von Kryptowährungen. Man unterscheidet zwischen Cold Wallet bei dem die notwendigen Informationen offline gespeichert werden und Hot Wallet, bei dem die Daten online gespeichert werden.

White Paper Das White Paper von Bitcoin enthält die technischen Grundlagen und die Grundidee für Bitcoin.

DANKSAGUNG

Ein Buch entsteht nicht aus dem Nichts. Es gibt viele Einflüsse, die dazu beitragen, dass Buchstaben ihren Weg aufs Papier finden. Durch das Lesen guter Fachbücher, Newsletter, Teilnahme an Seminaren und Fachkonferenzen konnten wir uns einiges an Hintergrundwissen aneignen. Noch wichtiger waren für uns aber die vielen Gespräche mit Jugendlichen und Erwachsenen, die wir führen konnten.

Wenn etwas beim Lesen nicht sofort verstanden wurde oder es Rückfragen gab, hatte man das Thema selbst offensichtlich noch nicht gut genug geistig durchdrungen, um es klar zu Papier zu bringen. Viele der Fragen und Anmerkungen haben dazu beigetragen dieses Buch zu schreiben. Der Austausch hat großen Spaß gemacht!

Unser besonderer Dank gilt daher unserer Familie sowie den vielen großartigen Freunden zwischen 10 und 80 Jahren, die uns bei der Entstehung unterstützt und das Manuskript gelesen, kommentiert, hinterfragt und ergänzt haben.

Herzlichen Dank auch an Phillip Horch, freier Autor und Kenner der Kryptoszene, der viele unserer Ideen und Grobentwürfe in Form gebracht und durch seine redaktionelle Arbeit das Buch wesentlich geprägt hat.

Last but not least vielen Dank an Katrin Acklin, die das Buch illustriert und damit bunter, verständlicher und interessanter gemacht hat.